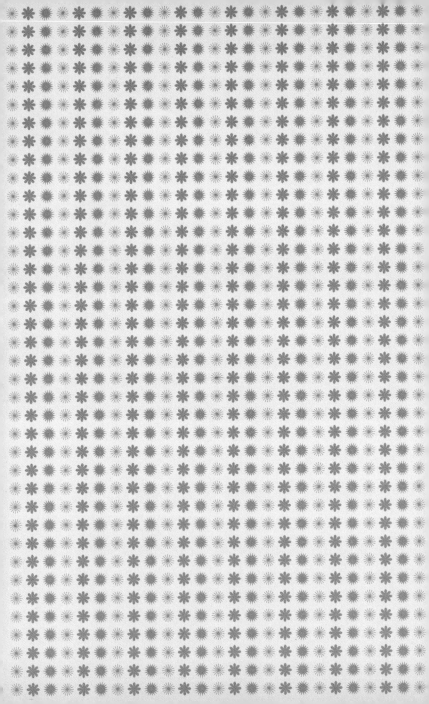

희담

제1회 미래엔 단편 에세이 공모전 수상작품집

＊＊＊ 1호 ＊＊＊

이후

문화라 · 강일립 · 김남규 · 심형주 · 정지은 지음

나를 몰입하게 한 것들에 대하여

B 북폴리오

차례

최우수상

모임의 여왕

: 모임 덕후가 오랫동안 모임을 유지하는 법

모임, 어디까지 해봤니?

   몇 년 전, 백 일 동안 매일 글을 쓰는 '백 일 글쓰기 모임'이 끝나던 날의 일입니다. 백 일 동안 미션을 무사히 마친 회원들이 한 자리에 모여 뒤풀이를 하게 되었습니다. 온라인 공간에서 매일 만났지만 역시 모임은 직접 얼굴을 보고 반가운 인사를 나누는 게 훨씬 더 즐겁지요. 맛있는 식사와 함께 분위기가 무르익어 가던 무렵, 한 분이 제게 이런 제안을 하시더군요. 그동안 모임을 만들고 진행해온 과정을 글로 정리해보라고요. 그 전에도 비슷한 제안을 다른 분들께 들어본 터라 그날도 "정리해도 뭐 특별한 이야기는 없을 것 같아요."라고 손사래를 치고 말았습니다.

그날 밤 집으로 돌아와 다시 생각해보니 '꼭 재미있는 이야기만 의미가 있는 건 아니잖아?'라는 생각이 들었습니다. 그냥 모임 덕후인 제가 그동안 여러 모임들을 어떻게 만들어서 운영해왔는가에 대해 정리하는 것만으로도 의미가 있을 거라는 생각이 들었습니다. 저의 '부캐' 중 가장 큰 부분을 차지하는 것이 바로 '프로 모임러'일 테니까요. 저는 뭔가 하고 싶은 일이 생기면 혼자 하는 것보다 함께 할 사람들을 모아서 같이 하는 걸 유독 좋아합니다. 언제부터 그랬나 생각해보면 중·고등학교 때까지는 특별히 모임을 좋아하는 징후가 발견되지는 않았습니다. 대학에 와서는 주로 스터디 모임을 했습니다.

그 후 본격적으로 모임을 시작한 건 13년 전으로 거슬러 올라갑니다. 상황상 '혼자보다 함께'라는 구호가 절실한 시기가 찾아왔기 때문입니다. 큰애를 낳고 십 년 터울로 쌍둥이를 낳게 되었는데 매번 새로운 문제에 부딪혔습니다. 예를 들면, 둘이 같이 울면 누구를 먼저 안아서 달래주어야 하나 하는 문제부터 쌍둥이를 데리고 놀러 나가려면 어떻게 해야 하는가 하는 문제에 이르기까지, 모든 상황이 다 미션 같던 시절이었지요. 같은 상황에 있는 분들의 조언이 절실했습니다. 그래서 만들었던 게 바로 '08 쌍둥맘 모임'이었습니다. 이를 시작으로 그 후 다양한 모임을 만들어서 운영해왔는데요. 지금은 주로 독서 모임과 글쓰기 모임을 운영하고 있습니다.

그동안 했던 모임 중 가장 기억에 남는 모임을 꼽아보라면 쌍둥이를 키우는 엄마들의 모임이었던 '08 쌍둥맘 모임' 이외에도 5년여 동안 매주 한 번씩 만나 반찬을 해서 서로 나누어가졌던 '반반(반찬에 반하다) 모임', 매월 한 개의 적금을 가입하면서 재테크를 위한 기초를 다져나갔던 '적금 풍차 모임'이 기억에 남습니다. '08 쌍둥맘 모임'은 아이들이 초등학교에 입학할 때까지 7년여를 함께 했는데 매년 한두 차례 떠났던 1박 2일 여행을 떠올리면 절로 웃음이 납니다. 엄마 열 명이 각각의 쌍둥이 스무 명을 데리고 삼십 명이 독채 펜션을 빌려 묵으면 다들 어디 유치원에서 단체로 놀러온 거라고 여겼지요.

한시적으로 시간을 정해서 하는 모임도 있었고, 시작 후 몇 년째 계속 이어져온 모임도 있습니다. 지금까지 계속 해오고 있는 모임을 몇 개 소개해보자면, 책을 읽고 매일 다섯 줄의 발췌와 다섯 줄의 감상을 쓰는 '오오필사 모임', 백 일 동안 열 줄 이상의 글을 매일 쓰는 '백 일 글쓰기 모임', 매달 한 나라를 정해 그 나라의 문화, 예술, 지리, 정치, 사회, 문학과 관련하여 책을 읽는 '책으로 떠나는 세계여행 모임', 한 달에 네 권의 책을 읽고 매주 후기를 올리는 '지독(지치지 않고 독서하기) 모임', 매달 다양한 책을 읽고 후기를 쓰는 '동시에 달리는 독서열차 모임', 청소년 문학을 함께 읽는 '청소년 문학 읽기 모임' 등이 있고 이 외에도 10여 개의 모임을 더 운영하고 있습니다.

보통 모임을 이렇게 많이 운영한다고 하면 다들 놀라시는데요. 가장 먼저 "그게 가능해요?"라고들 묻습니다. 두 번째로 많이 듣는 질문은 "왜 새로운 모임을 계속 만드세요? 그냥 처음 만든 모임으로 계속 하면 되지 않나요?"입니다. 첫 번째 질문부터 답을 드려보자면, 처음부터 이렇게 여러 모임을 운영하기 시작했다면 불가능했을 거라고 생각합니다. 처음에는 한 개의 모임으로 시작했지요. 그러다가 하고 싶은 거나 읽고 싶은 분야의 책이 생기면서 모임이 하나둘씩 늘어나기 시작했습니다. 매년 두세 개의 모임이 새로 생기다 보니 어느새 이렇게 많아졌습니다.

사실 여러 모임을 운영할 수 있는 요인 중 하나는 온라인에서 진행하는 모임이 많아서이기도 합니다. 온라인으로만 하는 모임들의 특징은 대부분 매일 무언가를 직접 하고 이를 함께 공유하는 방식입니다. 이런 방식의 모임을 저는 '미션형 모임'이라고 부룹니다. 예를 들어 운동을 매일 하고 싶은데, 혼자서는 귀찮고 하기 싫어서 하지 않게 됩니다. 하루에 만 보를 걷고 싶은데 덥거나 추우면 걸으러 나가는 게 귀찮아집니다. 또는 매일 책 몇 페이지를 읽고 싶은데, 바쁜 일에 쫓기다 보면 잊어먹기 일쑤입니다. 이처럼 매일 무언가를 혼자서 해낸다는 건 쉽지 않습니다. 그래서 함께 하는 걸 선택하게 되었습니다. 온라인이긴 하지만 함께 하기로 약속을 했기 때문에 하기 싫어도 해야겠다는 생각을 갖게 해줍니다. 다른 분이 미션을 완료했다고 올려주면 '앗! 나도 얼른 해야겠는데.'라며 자극을 끊임없이 받을 수 있습니다.

이 글에서는 제가 그동안 해왔던 모임들 중 가장 기억에 남는 몇 개의 모임을 소개하고, 모임을 지속적으로 유지할 수 있는 저만의 경험과 방법을 알려드려볼까 합니다. 특히 모임을 이끄는 분들이 갖추어야 할 마음의 자세와 태도 등의 팁을 적어보았습니다. 몇 년째 이어져오고 있는 코로나로 인해 코로나블루를 호소하는 분들도 많아지고 있습니다. 비대면 시대에 온라인으로도 충분히 모임을 만들어 생활의 활기를 불어넣을 수 있으니, 모임 덕후의 노하우를 따라 한번 시도해보시면 어떨까요? 저도 이 글을 쓰면서 가장 이상적인 모임은 어떠해야 하는지에 대해 깊이 있게 생각하는 계기가 되었습니다. 앞으로도 새로운 아이디어들을 꾸

준히 기획하고 시도하여 '프로모임러'의 생활을 즐기면서 살아가

보겠습니다.

모임이 모임을 낳다

'반찬에 반하다'_ 한 가지가 다섯 가지로 되다

그동안 제가 해왔던 모임 중 가장 특이한 모임이 뭐가 있냐고 물어보면 단연 '반반 모임'이 제일 먼저 떠오릅니다. '반반'이란 '반찬에 반하다'의 줄임말인데요. 모임의 이름을 이렇게 붙이게 된 계기는 이러합니다. 매일 새로운 반찬을 해나가는 일이 힘에 부칠 무렵, 반찬 품앗이 모임을 해보면 어떨까 생각하게 되었습니다. 과연 하겠다는 사람이 있을까 걱정하면서 카페에 올렸는데, 의외로 여러 명이 신청해주셨습니다. 총 6명으로 시작한 반찬 품앗이 모임은 각자 한 가지 반찬을 5통 해가지고 와서 다른 사람이 해온 다섯 가지 반찬을 받아 가는 혁신적인 모임이었습니다. 나는 한 가지 반찬을 해서 가져가지만 돌아올 때는 다섯 가지의 새로운 반찬을 받아오니 일주일의 반찬 걱정을 덜 수 있었지요. 모임 후기를 카페에 올렸더니 어느 날 쪽지로 신문 인터뷰 요청을 받게 되었습니다.

다른 분들께 물어보니 모두 좋다고 해서서 그때서야 모임의 이름을 짓기로 했습니다. 그러자 한 분이 "우리 지금 모이는 커피숍 이름을 따서 '반찬에 반하다'라고 지으면 어때요?"라고 제안을 하셨습니다. 만장일치로 동의를 하여 모임 이름은 '반반 모임'이 되었지요. 신문에 인터뷰 기사가 나간 이후로 반찬 품앗이 모임 사진을 후기로 올렸더니 그 뒤로 방송 출연 제의도 들어왔습니다. 하지만 모임 하시는 분들이 방송에 나가는 건 부담스럽다고 하여서 다른 모임을 대신 연결해준 일도 있었습니다.

반찬 값도 절약하고 여러 가지 반찬을 해야 하는 수고로움도 줄이기 위해 시작한 모임이었는데, 하면서 잊지 못할 에피소드도 끊이질 않았고 황당했던 경험도 많았습니다. 처음에는 5통에 담을 반찬을 만든다는 게 쉽지가 않아 양 조절을 잘 못해서 실패한 경우도 계속 있었습니다. 재료를 너무 많이 준비하거나 반대로 너무 적게 준비하기도 했지요. 시행착오가 계속 이어졌습니다. 예를 들어, 채소의 경우는 엄청나게 많이 샀다고 샀는데 끓는 물에 데치고 나니 말도 안 되게 줄어들어서 양을 채울 수가 없던 적도 있었습니다. 한번은 미나리 초무침을 한 적이 있는데 다듬고 데쳤더니 이게 웬일인가요. 분량이 십 분의 일 정도로 줄어들어버렸습니다.

또 새로 장만하게 된 주방도구들이 줄을 이었습니다. 식당에서나 사용할 법한 도구를 사야 하기도 했는데요. 야채를 데치고 삶는 솥도 한 개로 안 되어서 두 개를 동시에 사용하기도 했습니다. '아니, 식당을 차릴 것도 아닌데 이렇게까지 해야 하나' 싶어 한숨이 나올 때도 있었지만 새로운 반찬 5통을 받아 와서 냉장고에 넣을 때는 뿌듯한 마음에 어려움은 금방 잊어버렸지요.

모임 전날이면 서로 겹치지 않게 반찬을 정하는 일도 처음에는 쉽지 않았고, 늘 같은 반찬만 반복해서 할 수는 없어서 새로운 것을 시도하기 위해 요리책을 사서 뒤적이거나 인터넷에서 레시피를 찾아 헤매었습니다. 쉬울 거라고 도전했다가 고생한 일도 있었습니다. 명절도 아닌데 고기 산적을 만들겠다고 결심한 날, 생각보다 일이 많아서 아이들까지 다 불러 모아서 한 적도 있었습니다. 하면서 산적은 다시는 하지 말아야지 다짐했지요. 깻잎 절임 하던 날도 기억에 남습니다. 당시 주택에 살고 있었는데, 마당에 심었던 깻잎을 따다가 만들었습니다. 양념장을 만들어 켜켜이 고루 스며들게 발라주었는데 맛을 보고 나서는 제가 만들었는데도 너무 맛있어서 놀랐었지요. 반반 모임은 그 후로도 5년여간 이어졌는데 몇 분이 이사를 가면서 그만두게 되어 아쉽지만 마무리를 했습니다.

'반반 모임'의 사소하지만 나름대로 중요한 운영 노하우

"반반 모임에서 제일 민감했던 문제는 비용이었는데요. 매주 돌아가면서 한 명은 고기반찬을 했어요. 고기는 비용이 많이 들고, 채소는 가격이 싸기 때문에 고기반찬을 돌아가면서 하게 되면 비용 차이에서 오는 불만이 줄어들 수 있지요. 그리고 채소 반찬의 경우 한 회에 만 원이라는 금액을 정하기는 했지만, 만약 이번에 금액이 넘게 되면 다음에는 좀 더 저렴한 재료를 이용한다는 식으로 자율적으로 정해서 조금씩 넉넉한 마음을 가지고 만들어가기로 했어요."

'적금 풍차 모임'_ 매달 만기를 만끽하다

그동안 했던 모임 중 경제생활에 가장 보탬이 되었던 걸 꼽아보라고 하면 적금 풍차 모임을 들 수 있습니다. 적금 풍차란 단어를 들어보셨나요? 적금 풍차 돌리기란 새로운 적금을 매달 가입하는 걸 뜻합니다. 예를 들어 1월 1일에 10만 원의 적금을 가입했다면 2월 1일에 다시 10만 원의 적금을 새로 가입하는 것입니다. 이런 식으로 매달 새로운 적금 통장을 개설하게 된다면 12개월 후부터 매달 적금이 만기가 되어 120만 원+이자가 들어오게 됩니다.

몇 년 전 첫 풍차 모임을 시작하게 된 계기는 이러합니다. 우리 종합금융에 '더 조은 적금'이란 상품이 출시되었는데 5인 이상이 함께 가입을 하면 금리를 0.5% 우대해주었습니다. '5명이 함께 가입을 해야 한다고? 그럼 함께 할 사람을 모집해야겠는걸.' 이렇게 적금에 함께 가입할 사람을 모집했습니다. 잠깐 올린 글에 이 적금을 가입하겠다고 신청한 사람이 무려 10명. 당시 지점이 서울에 4군데가 있었는데 같은 날, 같이 가입해야 한다고 해서 (비대면도 가능했습니다만) 서초 지점에서 만나 10명이 함께 이 적금을 가입하기로 했습니다.

저는 원래 알고 있는 몇 분과 함께 갔는데요. 담당 직원은 10명이 동시에 이 적금을 가입하겠다고 찾아온 건 이 지점을 연 이후처음이라면서 몹시 당황하셨습니다. 게다가 이 적금은 만기 시까지 한 사람이라도 자동이체를 제 날짜에 못하게 되면 10명 모두의 우대 금리가 나오지 않는 구조여서 10명 중 한 명도 빠지지않고 만기까지 적금을 불입하는 게 중요했지요. 저는 단톡방에매달 통장에 잔액에 있는지를 확인해달라는 공지를 올리곤 했습니다. 다행히 만기가 되었을 때는 앱에서 해지할 수가 있어서 다시 찾아가지는 않았습니다.

그해에는 5명 이상 함께 가입하면 우대 금리를 주는 저축은행적금들이 몇 개 있어서 다른 적금을 가입하면서도 여러 명을 모집해서 함께 가곤 했었지요. 매달 새로운 적금 소식이나 금리 높은 적금에 대한 정보를 공유하고, 어떤 적금을 들었는지 인증을올리는 방식으로 모임을 운영했습니다. 첫 해에는 열정이 넘쳐서이율이 높은 상품이 나왔다는 소식을 들으면 직접 가서 가입한경우가 많았는데 가장 기억나는 두 곳은 신촌 새마을금고와 이태원 새마을금고였습니다.

두 곳 모두 4.0% 적금이 출시되었는데 적금 가입 마지막 날은 무려 오전 10시에 번호표가 마감되는 엄청난 인파가 몰리기도 했습니다. 번호표를 뽑아도 대기 시간이 서너 시간인 건 기본이었습니다. 중간에 나가서 밥도 먹고 이태원 구경도 하고 와도 아직 차례가 오지 않아서 황당했던 기억도 있습니다. 요즘도 저는 적금을 매달 들고 있는데요. 최근에는 카카오뱅크의 26주 적금과 독서 모임 후기를 쓰는 활동을 연계해서 매주 적금도 들고 독서 후기도 쓰는 모임을 만들기도 했습니다. 투자가 대세인 시대에 적금을 뭐하러 드냐고 말하는 사람들도 있지만 여전히 매달 새로운 적금에 가입하는 건 생활의 작은 기쁨 중 하나입니다.

'적금 풍차 모임'의 사소하지만 나름대로 중요한 운영 노하우

"첫 번째 가입했던 적금의 경우는 10명 중 한 명이라도 자동이체를 실패하면 나머지 9명도 우대금리를 받을 수 없는 구조였어요. 그래서 매달 자동이체일이 되기 전날이면 단톡방에 잔고를 확인해달라는 공지를 올리는 일이 중요했지요. 모임을 운영하기 위해 중요한 일들이 한두 가지가 아닌데 그중 공지를 제때에 올리는 일만큼 중요한 일이 없는 것 같아요. 문제는 공지를 올려도 확인하지 않는 경우이지요. 저는 공지를 읽으면 투표에 표시를 하게 했는데요. 만약 투표를 올렸는데 하루가 지나도 하지 않은 분들이

있으면 이름을 호명해서 하게 해요. 이렇게 했을 때 제일 효과가
좋았습니다."

'나찾여'_ 나를 찾아 여행을 떠나다

20대의 마지막을 결혼으로 마감하며 시작된 새로운 생활은 여
러모로 힘들었습니다. 아이를 낳아 기르면서 새롭게 부여된 엄마
라는 역할에 적응하기도 쉽지 않았지요. 점점 사람들로부터 고립
되어간다는 느낌이 외롭기도 했습니다. '어디서부터 잘못되었을
까, 무엇이 문제인걸까?' 매일 고민에 빠졌는데요. 그러다가 문득
혼자서 답을 찾기보다 비슷한 상황에 놓인 사람들과 이야기를 나
누어보면 어떨까 생각했습니다.

쌍둥이들을 어린이집에 보내고 난 후 고민 끝에 당시 활동하
던 온라인 카페에 모집글을 올렸습니다. 자신이 어떤 사람인지
를 생각해보고 찾아나가는 시간을 가지자는 취지의 자기 치유 모
임을 만들었습니다. '나를 찾아 떠나는 여행'이라는 모임은 2013
년에 처음 시작했는데요. 일종의 자아 찾기 프로그램이었습니다.
나는 어떤 사람이며, 무엇을 좋아하고, 앞으로 어떻게 살아가고

싶은지에 대해 허심탄회하게 고민을 나누어보기로 했습니다. 아무도 신청하지 않으면 어떡하지 하는 걱정과 달리 10여 명의 사람들이 신청을 해주었는데요. 그렇게 '나찾어 모임'은 시작되었습니다.

아이를 키우면서 시작된 정체성에 대한 고민은 계속 이어졌습니다. 모임을 통해서 나의 진짜 모습을 찾아가고 삶의 새로운 방향을 찾고 싶었습니다. 그 시절, 저는 왜 그렇게 자아 찾기에 매달렸을까요? 아마도 누군가에 의해 부여된 역할이 제 모습처럼 느껴지지 않았던 모양입니다. 이 모임을 통해 제 자신에 대해 조금씩 파악해나갈 수 있었고, 부족한 면을 있는 그대로 받아들일 마음의 여유가 생겼습니다. 무엇보다 제가 사람들과의 모임을 좋아한다는 사실을 깨닫게 되는 계기가 되었지요.

전문적인 심리치유 프로그램을 배운 것은 아니라서 주로 심리학책을 읽으면서 스스로 자아탐색 문항을 만들고 답을 하는 방식으로 운영을 했습니다. 여러 심리학책에 나온 문항들을 모두 모아 주제별로 질문들을 정해서 함께 적어보는 활동을 했는데요. 예를 들면, 인생 성장 그래프를 그리고, 자신의 욕구와 지향성을 적어보았습니다. 또한 성격과 정체성을 파악하기 위해 자신의 장점과 단점을 적어본다거나 가장 중요하게 생각하는 인생의 핵심 가치를 찾아보는 활동도 하였습니다. 지금 내가 맺고 있는 관계에서의 우선순위가 어떻게 되는지 도형을 그려보기도 하였고, 앞으로의 꿈을 그려보는 보드 판을 만들기도 하였습니다. 이처럼 매주 주제를 정해 스스로에게 질문하고 답을 할 수 있도록 문항을 정리하여 카페에 올렸는데요. 회원들은 각자 답을 써서 모임 전날까지 카페에 올린 후, 모임에서 만나 자신이 쓴 글을 발표하였습니다. 그때 쓰거나 그렸던 글과 그림들을 지금 보면 얼마나 절실하였는지 당시의 에너지를 느낄 수 있습니다.

  매주 나를 들여다보는 활동은 새롭고 신기했습니다. 그러면서 내 주변의 모든 것들은 서로 연관성이 있다는 사실을 알게 되었는데요. 딜레마에 빠져 허우적대던 그 시절, 모임을 통해 내 문제를 분명하게 직시할 수 있었습니다. 새로운 딜레마들은 대체로 관계에서 생겨난 문제였습니다. 아이와의 관계를 어떻게 형성할 것인지, 그리고 엄마라는 새로운 정체성에 어떻게 적응해나갈 것인지에 대해 고민해보는 시간이었습니다. 모임을 마무리하면서 알게 된 사실은, 결국 이런 문제들을 해결해야 하는 주체는 자기 자신이어야 한다는 것이었지요. 이 과정에서 내 힘으로 변화시킬 수 있는 상황과 불가능한 상황을 구분할 수 있게 된 것도 큰 소득

중 하나였습니다. 변화시킬 수 없는 일들에 대해서는 괴로워하거나 고민하지 않고 '내려놓음'이 필요하다는 사실을 알게 되었고, 변화할 수 있는 일들은 계획을 세우고 조금씩 실행해나가기로 결심하였습니다. 그러자 서서히 마음이 편해지기 시작했습니다.

'나찾여 모임'의 사소하지만 나름대로 중요한 운영 노하우

"심리치유 모임은 아무래도 개인의 사생활에 대한 이야기가 많다 보니 모임에서 들은 이야기를 절대로 다른 곳에 하지 않는다가 원칙이었어요. 그렇지 않으면 서로 간의 신뢰를 가지기가 어려우니까요. 그날 들었던 이야기는 모임 안에서만 서로 공유하고 나오는 순간에는 잊어버리기로 서로 의견을 모았어요."

'글로서기'_ 한 글자, 한 편 에세이를 쓰다

아직은 매서운 바람이 불던 몇 해 전 이른 봄, 글쓰기를 좋아하는 네 사람이 모이게 되었습니다. 매주 각자 글을 쓰고, 함께 모여 나누어보기로 했습니다. 처음 모였을 때는 각자 글을 쓰는 이유도, 쓰고 싶은 글도 달랐습니다. 어떻게 모임을 꾸려나갈지 몰라 고민과 방황을 하기도 했는데요. 고심 끝에 한 글자로 된 주제어를 정해 자신이 쓰고 싶은 내용을 자유롭게 써보기로 했습니다. 과연 이런 방식으로 모임을 유지할 수 있을까 걱정했었지만 한 글자 에세이 쓰기 모임을 어느새 4년째 이어가고 있습니다.

매주 새로운 한 글자 주제어를 떠올리다 보면 한 글자로 된 단어가 이렇게 많았나 매번 놀라는데요. 한 글자 단어에는 순우리말도 있고, 한자도 있고, 외래어도 있습니다. 왜 한 글자 단어로 에세이를 쓰고 있는지 가끔 질문을 받습니다. 두 글자, 세 글자 단어들도 많은데 말이지요. 우리는 일상에서 수많은 단어를 만납니다. 하지만 사용하는 단어에 대해 깊이 고민해본 적은 별로 없는데요. 한 글자 단어에 주목한 이유는 단어가 가지는 짧지만 강렬한 여운 때문이었습니다.

한 글자 단어에는 여러 의미가 들어 있습니다. 그러다 보니 두 글자, 세 글자 단어보다 상상력을 자극해주고 다양한 사유를 끌어낼 수 있습니다. 바로 동음이의어 때문인데요. 예를 들어 '차'라는 단어는 자동차, 마시는 차, 차이(差) 등의 여러 의미를 가지고 있습니다. 실제로 '차'로 글을 써 오기로 한 날, 저는 처음으로 산 자동차에 대해 써 갔는데 다른 분들은 마시는 차와 차이에 대한 의미로 글을 써 오셨습니다. 이렇게 미처 생각하지 못했던 단어의 의미를 듣다 보면 자극을 받아 잊고 있었던 삶의 기억들이 하나둘 떠오르게 됩니다. 그럴 때마다, 다음에는 이 주제로 글을 써 봐야겠다 다짐하곤 했습니다.

4년의 시간 동안 한 글자 주제어로 글을 쓰면서, 지난 기억들을 떠올리고 삶을 되돌아보는 계기가 되었습니다. 한 글자 단어들은 잊고 있었던 기억들을 길어 올려주는 매개체가 되어주었습니다. 그 과정을 통해 지나온 삶을 솔직하게 마주할 수 있게 되었습니다. 얼마 전 그동안 써왔던 글을 정리하면서 각자 가장 기억에 남는 한 글자는 무엇이었는지에 대해 이야기를 나누어보았습니다. 저는 '꿈'이라는 단어가 가장 기억에 남습니다. 아버지가 호스피스 병동에 계실 때, 아버지께 어릴 적 꿈이 무엇이었는지 여쭤보고 적었던 글입니다. 그 전까지 한 번도 부모님이 어떤 꿈을 가지고 계셨는지 몰랐다는 사실을 깨달은 날이기도 하였습니다.

매주 한 글자 주제어를 받아보게 되면 처음에는 막막할 때도 있습니다. 평소에는 전혀 생각해본 적도 없는 단어가 주어질 경우는 더욱 그러합니다. 그럴 때마다 무엇을 써야 하나 글감을 찾아내기 위해 애를 먹을 때가 있습니다. 아무리 기억을 뒤져봐도 적을 만한 게 없을 때는 내 인생엔 왜 이렇게 쓸거리가 없는 걸까 싶어 절망을 하기도 했습니다. 그러나 삶의 특별한 이야기만 글감이 되는 것은 아닙니다. 하루의 일상, 그리고 그 안에서 느꼈던 소소한 감정을 떠올려보면서 담담히 적어가다 보니 어느새 평범하지만 진솔한 이야기들이 모이게 되었습니다.

글을 정리하면서 가장 쓰기 힘들었던 주제어에 대해 이야기를 나누어본 적이 있는데요. 저는 '잎'으로 글을 쓰는 게 쉽지 않았습니다. '잎'이라고 하면 나뭇잎이 떠올랐는데 나뭇잎과 관련하여 기억나는 일이 통 없었습니다. 결국 아이와 병원에 가는 길에 나누었던 대화 중 비파나무의 잎 이야기를 써보았습니다. 쌍둥이를 키우는지라 한 명의 아이와만 오롯이 대화할 시간이 별로 없는데 그날은 한 시간 동안 아이와 대화를 나누면서 즐거웠던 기억으로 남아 있었기 때문입니다. 4년의 시간 동안 글을 쓰기 위해 머리를 싸매고 고민했던 시간만큼 우리의 생각 저장고도 채워져가고 있다고 생각하면 뿌듯해집니다.

'글로서기 모임'의 사소하지만 나름대로 중요한 운영 노하우

"글로서기 모임은 다른 글쓰기 모임과 다르게 서로의 글을 합평하지 않는다가 원칙이었어요. 모임에서는 써 온 글을 각자 낭독하는데 끝나면 에피소드에 대한 서로의 느낌과 감상을 나눌 뿐 글에 대한 평가는 하지 않았어요. 그러다 보니 더 자유롭게 쓰고 싶은 글을 쓸 수 있었습니다."

모임을 오랫동안 유지하는 법

너무 뜨겁거나 차갑지 않게

모임을 할 때 제가 사용하는 닉네임은 '리나'입니다. 일곱 살에 처음 영어 학원에 갔던 아이가 저에게 "엄마, 선생님이 다음 시간까지 영어 이름을 지어 오래요."라고 해서 제가 추천해준 이름이 '리나'였습니다. 받침이 없는 이름이 발음하기 쉽지 않을까 해서 골랐던 이름입니다. 다음 날, 학원에 갔다 온 아이는 '리나' 이름 대신 '체리'를 쓰기로 했다고 제게 알려주더군요. 그래서 저는 "그럼 '리나'는 내가 사용해도 돼?"라고 물어보니 아이가 흔쾌히 그러라고 말해줍니다. 그때만 해도 제가 '리나'라는 닉네임을 이렇게 오랫동안 쓰게 될 거라고는 생각지도 못했지요.

언젠가 시리가 나온 지 얼마 되지 않았을 때 모임을 같이 하시는 분이 저를 보고 시리 같다며 닉네임을 '리나 시리'로 부르면 어떻겠냐고 하시더군요. 그 말에 한바탕 크게 웃은 적이 있습니다. '리나 시리'란 되도록이면 감정을 드러내지 않고 모임에 임하는 저를 빗대어서 한 말이었습니다. 저도 어쩔 때는 너무 감정 표현을 안 하는 걸까 고민한 적도 있었는데요. 모임을 계속 진행하다 보니 감정에 치우치는 것보다는 이를 잘 조절하는 게 중요하다는 사실을 깨닫게 되었습니다.

예전에 어떤 모임에서 다른 분들이 전혀 관심이 없는, 동떨어진 이야기를 항상 하시던 분이 있었습니다. 어느 날 한 분이 참기가 어려웠던지 저보고 "저 분은 정말 이상한 이야기를 매번 하는데, 왜 그걸 계속 진지하게 듣고 계세요?"라고 물으시더군요. 제가 "그분 이야기도 듣다 보면 도움이 많이 되거든요."라고 답을 했더니 이해가 안 간다는 표정을 하셨습니다. 사실 모임을 하다 보면 했던 이야기를 또 물어보시는 분도 계시고, 아무 상관이 없는 이야기를 하는 분도 계십니다. 이것뿐일까요? 더한 경우도 많지요. 규칙을 지키지 않는 분도 계시고, 매번 모임에 늦는 분도 계시지요. 하지만 일일이 이 모든 상황 때문에 속앓이를 하기 시작하면 한도 끝도 없습니다.

20여 개 이상의 모임을 운영하면서 지금까지 유지가 가능했던 이유는 아마도 감정 소모가 심하지 않았기 때문인 것 같습니다. 인생에 좋은 날도 있고 힘든 날도 있듯이, 이런 사람도 있고, 저런 사람도 있구나 하고 생각하는 편입니다. 만약 모임을 계속 유지해나가기 위해서 어떤 마음의 자세가 필요하냐고 제게 묻는다면 '너무 뜨겁거나 혹은 차갑지 않아야 한다'고 답하고 싶습니다.

물론 이제 막 모임을 시작했다면 열정이 넘쳐야 모임을 끌어갈 수 있으니 초창기에는 다소 뜨거워지는 것도 필요합니다. 모임이 어느 정도의 궤도로 진행되고 있다면 온도를 조절할 필요가 있습니다. 반면에 너무 차가워도 모임을 계속 유지하기가 쉽지 않지요. 저는 그래서 모임에 되도록이면 저랑 반대 성향의, 감정이 풍부한 분을 꼭 영입합니다. 저의 부족한 면을 채워줄 수 있는, 일종의 영혼의 파트너라고 할까요. 제가 아무래도 이성적이고 효율성을 중시하는 편이다 보니 감성적이면서도 따뜻한 에너지를 불어넣어줄 수 있는 분이 옆에 있어주시면 훨씬 더 원활하게 모임을 이끌어나갈 수 있게 되더군요.

'모임을 오래 하려면 너무 뜨거워지지도 말고, 너무 차가워지지도 말자'가 제 모토입니다. 덧붙여 리더가 가져야 하는 균형 감각도 중요합니다. 어느 한 쪽으로 의견이 치우쳐서도 안 되며 특정한 사람과의 친분을 드러내는 것도 조심해야 합니다. 흔히 부정적인 의미로 쓰이는 '친목질'이라는 단어가 있지요. 모임이 오래될수록 특히 조심해야 할 사항입니다. 이런 이유로 깨지는 모임을 여러 번 보았지요. 되도록이면 누구에게도 치우치지 않아야 하고 균형 감각을 갖추는 게 모임 운영자의 첫 번째 덕목이라고 생각합니다.

독박 운영보다는 역할 분담을

얼마 전 모임 운영 워크숍에 참여한 회원분이 참여 후기를 올려주셨습니다. 그날 워크숍의 주제는 어떻게 하면 독서 동아리를 잘 운영할 수 있는지의 세부적인 노하우들을 나누는 자리였습니다. 그날 참여한 다른 모임의 운영자 분들이 독박 운영의 힘듦을 엄청나게 토로하셨다고 합니다. 다른 운영자분들의 이야기를 듣다 보니 모임을 지속적으로 이끌어나가는 일이 생각보다 쉽지 않음을 깨닫게 되었다고 전해주셨습니다.

그 말을 듣자 모임을 처음 만들어 진행하던 초창기 무렵에 겪었던 여러 일들이 머릿속을 빠르게 스쳐 지나갔습니다. 생각해 보니 저도 그때는 사람들을 만날 때마다 '힘들어요' 소리를 절로 하고 다녔던 기억이 납니다. 모임을 이끌다 보면 예상치도 못한 일들이 많이 일어납니다. 지금이야 겪을 만한 일들은 대부분 겪어본지라 놀라거나 상처를 받지는 않는데 그때만 해도 작은 일 하나만 일어나도 안절부절못하면서 고민했던 기억이 납니다.

힘들었던 일은 시기마다 달랐는데, 모임을 꾸리는 일 자체에서 오는 어려움도 있었고 대인관계에서 오는 어려움도 있었습니다. 예를 들어 몇 년 동안 진행했던 독서 모임에서 있었던 일인데, 당시에 모임에서 읽을 책을 정할 때 톡방에서 투표를 해 가장 많은 표를 받은 책으로 정했습니다. 대체로 당시에 인기가 있거나 주목받는 책들이 대부분 선정되었는데 (보통 사람들은 제목을 들어본 책에 투표하기 때문에) 나중에 어떤 분으로부터 '왜 그리 어려운 책을 선정하느냐?'라는 불만을 전해 들은 적이 있습니다. 제가 판단하기에는 전혀 어렵지 않은, 오히려 그 반대에 가까운 책들이었는데 이게 어려운 책이라면 도대체 어떤 책이 쉬운 건가 싶어 그 말을 들었을 때 기분이 좋지 않았습니다. 이런 식으로 다른 사람을 통해 모임 운영과 관련하여 비판적인 이야기를 전해 듣게 되

면 기분이 상하고 의기소침해지곤 했습니다. 열정은 넘치지만 경
륜은 부족했던 시절의 이야기입니다.

이 시기에는 왜 사소한 일에도 기분이 가라앉게 되었는지 생각
해보았습니다. 모임을 혼자 힘으로 이끌어가려고 하다 보니 생기
는 결과였다는 걸 깨달았습니다. 그래서 역할을 나누어서 모임을
이끌어나가는 것도 중요합니다. 혼자서 모든 일을 다 도맡아 하려
고 하면 조금만 실망스러운 일이 생겨도 모임을 이끌어갈 동력을
잃게 될 수도 있습니다. 모임에 열정적인 사람들이 서너 명 정도
가 되면 그 모임은 어떻게 해서든지 유지가 됩니다. 독박 운영은
리더가 번아웃이 되면 모임 유지에 직접적인 영향을 미치므로 일
을 나누어서 하는 걸 추천해봅니다.

지금 활동하고 있는 지역 동아리 플랫폼의 경우는 50명 정도의
회원이 함께 하는 규모인데 총 6명이 일을 나누어서 하고 있습니
다. 운영위원장, 회계, 회원관리, 모임 일정관리 등을 나누어서 한
달에 한 번씩 회의를 하고 일을 나누어서 진행하는데 큰 문제없
이 몇 년째 진행되고 있어서 이런 시스템도 추천할 만합니다.

누구에게나 들을 말은 있다

몇 해 전 모임에 나갔다가 들은 이야기입니다. 어떤 사람이 건물 옥상 위에서 뛰어내리려 하고 있습니다. 구조할 사람들이 출동했지만 누구도 그 사람의 마음을 돌리지 못하는 안타까운 상황이었습니다. 그런데 누군가 건넨 말이 뛰어내리려는 분의 마음을 바꾸어놓았다고 합니다. 그 말은 "무엇이 그렇게 힘드세요?"라는 질문이었습니다. 뛰어내리지 말라는 말을 한 사람은 많았지만 왜 그러냐고 이유를 묻는 사람은 없었습니다. 사람들은 힘들 때 누군가 자신의 말을 들어주기를 원합니다. 자신의 이야기를 들어주는 사람이 아무도 없을 때의 절망감은 사람을 외롭게 만들지요. 이 이야기를 듣고 집으로 돌아오면서 아무런 편견 없이 다른 사람의 이야기를 들어주려면 어떻게 해야 할까에 대해 생각해보게 되었습니다. 그러면서 상대방의 이야기를 온전히 들어주는 일에서 소통이 시작된다는 사실을 깨닫게 되었습니다. 모임 역시 참여하시는 분들의 말을 온전히 들어주는 일이 중요합니다.

서로 소통하는 일은 쉽지 않습니다. 가까운 사이일수록 더 어렵기만 합니다. 실제로 소통의 부재 때문에 고통을 받는 사람은 가까운 관계에서 훨씬 많다고 합니다. 왜 이렇게 사람 간의 소통은 쉽지 않은 일이 되었을까요? 하고 싶은 말을 하지 못해 고통인 사람도 있고, 말하지 않아도 내 마음을 알아줄 거라고 생각하는 사람도 있습니다. 하지만 말하지 않는 상대방의 마음을 이해한다는 일은 굉장히 어려운, 어쩌면 불가능에 가까운 일인지도 모릅니다. 사람마다 생각이 모두 다릅니다. 그런데 내가 하고 싶은 이야기만 하다 보면 다른 사람과의 소통은 이루어질 수 없습니다. 다른 의견들을 수용하고, 내 생각 상자에 다른 사람들이 가지고 있는 생각들을 넣을 수 있다면 사고는 계속 확장되어 나갈 수 있습니다. 지난 9년 동안의 모임을 통해 제가 확실하게 배운 건 상대방의 이야기를 듣는 만큼, 서로 이야기를 나눌 수 있다는 사실이었습니다.

독서 모임을 하면서 다른 사람의 말을 주의 깊게 듣는 훈련을 하게 되었습니다. 여전히 듣기보다는 말하기를 좋아하는 저를 발견하기는 하지만 독서 모임을 하기 전과 비교해보면 눈에 띄게 달라졌습니다. 처음 참여한 독서 모임에는 돌아가면서 한 사람씩 5분 정도 책 이야기를 하는 게 룰이었습니다. 이때 다른 사람들은 절대로 그 사람이 말할 때 끼어들거나 말을 잘라서는 안 되고, 끝날 때까지 듣고만 있어야 했습니다. 처음에는 모임의 룰을 지키기가 정말 쉽지 않았는데요. 제 차례가 올 때까지 기다리면서 애가 타기도 하였습니다. 그러다가 점점 시간이 흐르면서 듣는 게 훈련이 되기 시작했습니다. 상대방의 말에 집중하면서 대화를 이어나가는 일은 여전히 쉽지 않습니다. 하지만 모임을 해나가면서 경청을 통해 다른 사람의 마음을 헤아려보려는 노력이 중요하다는 사실을 알게 되었습니다.

프로모임러, 모임 덕후가 사는 법

    어느덧 모임을 운영하기 시작한 지 9년 차에 접어들었습니다. 초창기 때는 너무나도 의욕이 충만하여 모임을 잘 이끌어나가는 일에만 신경을 썼지요. 자나 깨나 모임만 생각하던 시절이었습니다. 모임이 있는 날은 전날 미리 모든 걸 준비하고, 아침 일찍 일어나 기대에 찬 마음으로 집을 나섰지요. 그러다 보니 실망을 느끼는 경우도 많았습니다. 집에서 두 시간이 넘게 걸리는 모임 장소에 도착하기 10분 전, 톡방에 연달아 '오늘 모임은 참석 못하겠네요.'라는 댓글이 올라오는 날도 많았습니다. 그럴 때마다 얼마나 힘이 빠지던지요. 아무도 시키지 않았는데 도대체 내가 왜 지금 이러고 있는 걸까 생각하기도 여러 번이었습니다.

얼마 전 8년 동안 진행해오던 독서 모임을 그만 두겠다는 분의 이야기를 들은 적이 있습니다. 그만두겠다는 이유가 너무 공감이 가 뭐라고 말하기도 어렵더군요. 자신은 없는 시간을 쪼개서 열심히 모임을 위해 준비하고 참여했는데, 참여하는 분들은 갈수록 예전 같지 않다는 것이었습니다. 성실하게 책을 읽어 오는 분도 계시지만 책을 읽어 오지 않는 분들도 늘어났다고 합니다. 그러다 보면 자연스럽게 회의감과 허무감에 빠지게 됩니다. '내가 왜 이걸 하고 있는 것일까' 하는 생각에 빠지게 되지요. 저 역시 수차례 이런 허무감에 빠졌던 지라 그분의 심정이 충분히 이해가 갔습니다.

저 역시 주기적으로 이런 고민에 빠졌습니다. 그러다가 이런 심리에 빠지는 것은 어쩔 수 없는 거라고 받아들였습니다. 독서 모임은 학교처럼 의무적으로 참여하거나 성적이 매겨지는 곳도 아니고, 회사처럼 고용인과 피고용인의 관계도 아닙니다. 그냥 취미생활을 같이 하는 사람들의, 느슨한 연대를 가지고 있는 관계입니다. 그러니 참여하는 분들에게 너무 많은 것을 기대해서도 안 되고, 회원들의 열정과 애정이 항상 변함없을 거라고 생각해서도 안 됩니다. 기대가 크면 실망감이 생길 수 있습니다. 그리고 반복적으로 찾아오는 실망감으로부터 자신을 보호하고 평정심을 잘 유지해야 모임을 오래 할 수 있습니다.

그렇다면 허무감에 빠지지 않고 모임을 계속 운영하려면 어떤 것들이 필요할까요? 일반적으로 모임의 흥망성쇠는 5년을 넘어서기 힘들다고 봅니다. 한 모임이 5년이 넘어서면 유지할 수 있는 동력이 거의 떨어지는 느낌이 들 때가 많습니다. 제가 생각하는 모임을 지속적으로 유지하는 노하우들은 다음과 같습니다.

- 모임 참여자의 구성원은 다양하면 다양할수록 좋다.
- 매년 1회 정도는 신입회원을 충원한다.
- 열성적인 회원이 서너 명 정도 생길 때까지 노력을 기울여야 한다.
- 모임의 회원보다는 모임의 시스템을 구축하여 리더가 개입하지 않아도 굴러갈 수 있도록 한다.
- 온라인 소통을 활성화하여 온오프 모임을 병행한다.
- 모임의 규칙과 방향성에 대해 정기적으로 구성원들과 자유롭게 논의하는 시간을 갖는다.

슬럼프는 언제든지 찾아오기 마련입니다. 그리고 그 슬럼프를 어떻게 현명하게 극복하느냐에 따라 모임의 유대감이 더 공

고해질 수 있습니다. 슬럼프가 온다고 해서 너무 좌절하지 않으려고 합니다. 저도 몇 해 전 심각한 슬럼프에 빠진 적이 있었습니다. 모임의 운영자로서 책임의식을 가져야 하는 게 부담스러워졌고, 왜 나만 이렇게 힘들게 해야 하나 하는 생각에 빠지게 되었는데요. 혼자서 고민하지 않고 다른 분들에게 털어놓았더니 오히려 다시 모임이 활발해지는 계기가 되었습니다. 그때 깨닫게 되었지요. 혼자서 다 해결하려고 하는 것도 절대 좋은 방법이 아니라는 사실을요. 저는 앞으로도 몸이 허락하는 한에서 계속 모임을 하면서 살아가려고 합니다. 느슨한 연대를 통해 '따로 또 같이' 함께할 수 있는 매력을 알아버린 저는 앞으로도 쭉 '프로모임러'로 살아가려고 합니다.

우수상

내 인생의
브리티시-락커즈-앤드-트랙스

일러두기

* '록(라)' 등의 외래어 표기는 작가 특유의 표현을 살렸습니다.

내 인생의 장미

여러모로 거창한 제목이다. 인생이라니, 겨우 스물여섯 해를 살아놓고 무슨 인생을 논하느냐고 할 사람들이 많겠고, '영국 로커와 곡들'이라고 적을 수 있는 부분을 굳이 '브리티시-락커즈-앤드-트랙즈'라고 적은 것도 우습게 보일 수 있겠다. 전공자는 아니라지만 나름 글 쓴다는 사람이 이렇게 영어를 남발해도 될지 고민도 했다.

결론은 '느낌을 살리려면 어쩔 수 없다'는 거고, 이게 비겁하게 보일 수 있겠다는 사실을 안다. 다만 한 가지 확실한 것은 이 글에서 내가 적는 모든 구절이 내게는 백 퍼센트의 진심이고 최선의 노력이라는 점이다. 과장 없는 글을 적겠다고 약속드린다.

어쨌든 2021년 현재 이 글을 쓰고 있는 나는 영국 락쟁이들에게 인생을 (반쯤) 걸었고 이들은 나의 빵과 장미 중 장미가 되었다. 이 사실은 나를 행복하게 해주기는 하지만 동시에 여러모로 곤란하게도 한다. 첫 번째로는 너무 좋아서 그 마음을 주체하기가 어렵다는 점이 곤란하고, 두 번째로는 전판/재발매 음반 사는 데 시간과 돈이 너무 많이 들어서 곤란하고, 세 번째로는 락스타들의 행동이 당황스러워서 곤란하고, 마지막으로 내 사랑에 공감해주는 이들이 현실에 별로 없어서 곤란하다.

그리고 마지막 문제는 이 글을 적게 된 이유 중 하나다. 이 글은 내 사랑에 대한 고백이기도 하고, 내 취향의 자가점검이기도 하며 나와 함께 영국 락쟁이들을 좋아해줄 사람을 찾으려는 목적의 '삐라' 혹은 처절한 몸부림이기도 하기 때문이다.

좀 더 인상적으로 몸부림치기 위해 내가 가장 좋아하는 영국 락쟁이들의 노래 10곡을 골라, 발표된 시간 순서대로 배치했다. 아티스트의 간략한 역사, 특징, 선정한 곡을 고른 이유가 공통적으로 서술될 것이며, 그 외의 내용은 항목마다 다를 것이다.

서론이 길었다. 이왕 서론 다 보신 김에 부디 끝까지 가주시길 간곡히 부탁드린다. 읽는 시간이 아깝지 않도록 최선을 다하겠다.

본론

사랑하는 락쟁이들과 주관적인 베스트 트랙

1. Queen - Under Pressure
(1982, 정규 10집 〈Hot Space〉)

드라마틱하고 오페라틱한 멜로디와 보컬, 그리고 탄탄하게 잘 쌓인 백보컬이 특징인 Queen은 이 글에 등장할 밴드 및 노래 중 가장 오래전에 결성된 밴드이며 가장 오래전에 발표된 곡이다. 또한 그동안 영국의 락 음악을 가끔 한두 곡씩 플레이리스트에 추가해두기만 했던 나를 본격적으로 락과 락쟁이들에 "감기게" 한 노래기도 하다.

때는 2018년 11월 혹은 12월이었다. 정확히 기억은 나지 않

내 인생의 브리티시-락커즈-앤드-트랙즈

는다. 어쨌든 찬바람이 불기 시작한 2018년의 막바지에서, 나는 인터넷 서점 VIP에게 주는 영화 할인 쿠폰을 가지고 영화 〈보헤미안 랩소디〉를 골랐다. 고민은 없었다. 한창 이슈가 되고 있는 영화기도 했고, 내게 Queen은 이미 Don't Stop Me Now와 Love Of My Life로 알고 있던 밴드였기 때문이다. 프레디 머큐리가 불세출의 천재라는 것도 알았고 하여간에 적당히 알고 있었다. 그래서 그 영화가 산뜻하고 가벼운 기분 전환이 되리라고 예상했다.

　…라고 그때는 생각했다. 2시간 반이 조금 안 되는 러닝타임의 영화가 끝나고 영화관 바깥으로 걸어 나오며 나는 미친 듯이 Queen에 대한 정보를 찾고 있었다. 내가 모르는 노래들, 내가 처음 들어본 노래들. 고막의 틈새를 열고 쏟아져 들어오는 새로운 세계의 멜로디와 리듬 그리고 가사.

　그중 가장 충격적이었던 노래가 '39(기타리스트인 브라이언 메이가 작사, 작곡, 보컬을 맡은 곡)과 Under Pressure였다. 그래서 나는 두 곡 중 뭘 소개할지 심각하게 고민하다가 Under Pressure를 선택했다. 이유는 단순하다. 이 노래가 더 대중적이고 덜 슬프기 때문이다.

　Mm ba ba de, 허밍으로 시작하는 몇 번의 외마디 소리가 시동을 걸고, 노래는 Pressure! 하고 몰아치며 경쾌하게 시작한다.

나를 찍어 누르고 너를 찍어 누르는 이 압력은 건물을 무너뜨리고 가정을 파괴하고 사람들을 길바닥으로 내몬다. 프레디 머큐리와 데이비드 보위의 목소리는 시종일관 경쾌하다. 그들은 That's Okay를 외치고는 그 압박감이 세상 이치를 아는 것에서 나온다는 점, 고통받는 친구들을 보는 것에서 비롯한다는 점을 노래한다. 노래는 계속 고통의 존재를 일깨운다.

　하지만 경쾌하게 고통을 읽어내는 분위기는 Insanity laughs under pressure we're breaking에서 극적으로 전환되고, Why can't we give love that one more chance라고 말하며 사랑에게 다시 한 번의 기회를 주자고 말한다. 그리고 이 노래의 가장 핵심적이고 가장 아름다운 부분이 나온다.

　　　Cause love's such an old fashioned word

　　　And love dares you to care for

　　　The people on the edge of the night

　　　And love dares you to change our way of

　　　Caring about ourselves

　　　This is our last dance

　　　This is ourselves

　　　사랑은 구식이지만

어두운 밤의 가장자리에 선 이들을 생각하게 하고

우리 자신을 돌보는 방법을 바꾸게 하니까

이건 우리의 마지막 춤이고

이건 우리 자신이다

프레디 머큐리의 드라마틱한 멜로디 전개와 사랑이 넘치는 다정함이 절정으로 치닫는 부분이자, 결국 사랑만이 인간을 구하리라는 희망에 대한 찬가다.

노래는 Under Pressure를 외치며 끝나지만 이제 우리는 그 압박이 예전과 같지 않음을 안다. 우리에게는 사랑이 있으니까.

영화 보헤미안 랩소디에서 프레디 머큐리는 Queen을 Four misfits라고 정의한다. 또 다른 사회 부적응자들을 위해 노래하는 사회 부적응자 네 명. 그러나 우리 모두는 각자의 압박을 받고 각자의 소외감을 느끼므로, Queen의 노래는 모든 이들을 위한 것이다. Under Pressure뿐만 아니라, 모든 노래가 인간을 위한 노래고 사랑이다. 이 사실을 깨달은 순간 나는 그들을 사랑하지 않을 수 없게 되었고, 그 순간부터 나의 인생은(최소한 나의 음악 취향과 취미는) 조금 다른 국면으로 접어들게 되었다.

2. The Stone Roses - Sally Cinnamon

(1986, 싱글 〈Sally Cinnamon〉, 정규 앨범에 수록된 바 없음)

The Stone Roses는 1983년 맨체스터에서 결성된 영국의 얼터너티브 락 밴드다. 80년대의 영국 락 씬을 이끌던 매드체스터 무브먼트의 선구자들 가운데 하나이며 1980년대 후반부터 1990년대 초반까지 두 장의 앨범을 냈다. 2011년 재결성하였으나 2019년도에 해체가 확정되었다. 2집의 평가는 그저 그렇지만 1집 〈The Stone Roses〉는 80년대 말을 대표하는 명반이며 90년대의 브릿팝에 큰 영향을 미쳤다. 브릿팝을 이끈 쌍두마차 중 하나인 Oasis의 전신, 밴드 The Rain이 이들의 공연을 보고 결성되었다고 하면 말 다 했다고 볼 수 있겠다.

하지만 이런 The Stone Roses와 나의 첫 만남은 좋지 못했다. 내 음악 취향에 비료를 먹여 기른 친구가 1집의 첫 트랙 I Wanna Be Adored를 추천했는데, 내 귀에는 너무 늘어졌다. 안타깝게 생각하고 관심을 끊었다. 하지만 스트리밍 어플에서 Ten Storey Love Song을 추천했고 그걸 들은 순간 나의 손은 외면했던 1집을 다시 켰다.

그리고 I Wanna Be Adored를 제외한 모든 노래가 고막에 반짝반짝하게 뿌려졌다. 말도 안 돼, 를 외치며 내친 김에 베스트 트랙을 모은 컴필레이션 앨범 〈The Very Best of The Stone Roses〉를 '틀었다. 그저 그랬던 I Wanna Be Adored가 지나가고, 2번 트랙부터 '와 진짜 미쳤고 진짜 너무 좋다…'라고 생각하며 말 그대로 창고에서 보물을 찾아낸 듯한 감격에 젖었다. 그리고 8번 트랙에 Sally Cinnamon이 나왔다. 다음날 우리 집에는 〈The Very Best of The Stone Roses〉가 도착했다. 일주일 후에는 〈The Stone Roses〉의 레코드판이 도착했다. 그것도 몇 년 전에 발매된 한정판 투명색으로.

어쨌든 이 노래를 한 마디로 줄여서 정리하자면 "천사 강림"쯤 될 것이다. 그 천사가 먹구름을 젖히고 맑은 햇살과 향기를 뿌리며 나타나면 더 알맞겠고.

노래는 Until Sally I was never happy, 샐리를 만나기 전까지 나는 절대 행복한 적 없었다는 가사로 시작한다. 높지 않은 음으로 귓가를 살짝, 그러나 맑게 긁는 존 스콰이어의 기타가 노래를 이끌고 곧이어 다른 악기들이 시간차를 두고 뛰어든다. 비트를 말 그대로 '가지고 노는' 출중한 재능의 드러머 레니가 멜로디를 탄탄히 받쳐주면서 곡은 궤도에 오르고, 이윽고 보컬 이안 브라운이 외롭고 다정한 목소리로 기적처럼 내려온 사랑을 노래한다. 그는 샐리를 만나기 전의 먹구름 낀 삶과 눈물에 섞이는 비에 대해 말하고, 곧바로 샐리의 존재가 나타난다.

Sent to me from heaven

Sally Cinnamon you're my world

    화자에게 샐리는 지상에서 만난 평범한 사람이 아니라 천국에서 내려준 천사고 동시에 새로운 세계인 것이다. 여기까지만 들어도 이 노래가 어떤 노래인지 누구나 알 수 있다. 빼도 박도 못하는, 그럴 생각도 없는, 대놓고 러브 송이다. 그것도 그냥 연애가 아니라 한 사람의 세상을 뒤집어놓는 제대로 된 로맨스.

    그래서 샐리를 묘사하는 가사는 듣는 이의 마음이 꿀에 푸욱 절여질 정도로 달콤하다. 그중에서도 가장 단 부분은 역시

From what you are made

Sugar and spice

And all things nice

가 아닐까 싶다. 너는 설탕과 향료 그리고 모든 근사함으로 만들어졌어 ─ 누군가에게 그런 고백을 할 수 있는 이도 들을 수 있는 이도 별로 없음을 우리는 모두 알고 있다.

    누군가를 자신의 세상으로 여겨본 적이 있을 것이다. 그 사람이 뼈와 피와 살이 아니라 세상의 모든 근사함으로 빚어졌음을

의심하지 않았을 때도 있었을 것이다. 그러한 한 사람을 만나기 이전의 세계가 그저 단조로운 흑백으로 변해버리는 경험을 해본 사람이라면 이 노래가 전하고자 하는 바를 이해하지 못할 수 없을 것이다. 마음 한구석에 잠들어 있던 첫사랑의 기억을 일깨우는 노래다. 이안 브라운의 말대로 You taste of cherryade - 그 기억에서는 체리 에이드 맛이 날 것이다.

3. James - Sit Down
(1990, 정규 3집 〈Gold Mother〉)

구글 검색창에 James를 치면 세상의 온갖 제임스들이 나오는 관계로 극악의 검색 난이도를 보여주는 밴드 James. 아마 이 글에서 나오는 이름 중 가장 아는 이가 없는 이름일 것이다. 그래서 넣을까 말까 고민을 많이 했지만 어차피 '삐라'인 김에 그냥 소개하기로 했다.

음악 어플을 통해 처음으로 접한 James는 1982년에 결성되어 1990년대에 그 전성기를 누렸고, 2001년부터 2007년까지 잠시 해체를 겪었다가 2007년 7월에 재결성한 다음 지금까지도 계속 활동하고 있다. (몇 달 전에 나쁘지 않은 수준의 신보를 내기도 했다.)

이들 역시 매드체스터 무브먼트의 기여자들 중 하나다. 사실 한국에서는 이름을 아는 이들이 별로 없으나 2010년 기준으로 전 세계 2500만 장 이상의 판매고를 올린, 꽤 성공한 밴드다. 이들의 전성기는 앞에서 언급하였듯이 90년대였고 밴드의 대표곡들인 Come Home, Laid, 그리고 곧 소개할 Sit Down 등이 그 시기에 나왔다.

Sit Down은 1990년에 발매된 James의 정규 3집 〈Gold Mother〉의 7번째 트랙이다. 노래는 경쾌하고 명랑한 멜로디와 힘찬 비트로 시작한다. 하지만 노래의 가사는 멜로디의 분위기와 사뭇 다르다. 첫 소절은 I sing myself to sleep / A song from the darkest hour로, 번역하자면 자기 자신에게 가장 힘든 시기에 만든 자장가를 불러주었다는 문장이 되겠다.

전체적으로 공간감이 강하게 느껴지는 보컬은 신이 존재하기를 바라고 기도한다. 그는 자신의 삶이 통제불능이 되었다고 하며, 파도가 자신의 무게를 감당해줄 거라고 노래한다. 그리고 이 노래의 제목이자 후크인 문장, Sit Down이 나오고 또 반복된다. 동정심으로라도 자신의 곁에 앉아 있어달라는 가사가 지나고, 2절이 지나간 후 노래의 가장 핵심적인 부분이 나온다.

내 인생의 브리티시-락커즈-앤드-트랙즈

Those who feel the breath of sadness

Sit down next to me

Those who find they're touched by madness

Sit down next to me

Those who find themselves ridiculous

Sit down next to me

In love, in fear, in hate, in tears

In love, in fear, in hate, in tears

In love, in fear, in hate, in tears

In love, in fear, in hate

화자는 슬픈 이들, 제정신이 아닌 이들, 스스로가 말이 안 된다고 생각하는 이들의 편이다. 그는 이 모든 상처 입은 사람들을 사랑으로, 두려움으로, 증오로, 눈물로 감싸 안고 그들과 함께하려 한다. 노래는 다시 Sit Down을 반복하고 Down이라는 단어와 하강의 이미지로 곡을 마무리 짓는다.

기본적으로 락은 비주류의 장르고, 반항아들과 이단아들과 아웃사이더들의 장르다. 그래서 실제로 많은 락쟁이들이 세상을 우습게 보거나 세상을 미워하기는 했다. 하지만 모든 락 음악과 모든 락쟁이들이 세상을 냉소하거나 증오하기만 할 거라고 생각하면 오산이다. 오히려 소외된 이들이 소외된 이들을 향해 부르는 장르가 락이기 때문에 인간에 대한 믿음과 연민과 사랑을 노래하기도 한다. Sit Down이 바로 그런 노래다.

4. Oasis - Live Forever
(1994, 정규 1집 〈Definitely Maybe〉)

Oasis는 기타리스트이자 작곡가인 형 노엘 갤러거와 프론트 맨인 동생 리암 갤러거가 서로의 멱살을 쥐고 흔들며 이끌어나간 밴드로, 90년대 영국에서 시작해 전 세계를 들었다 놨다 한 브릿팝 웨이브의 쌍두마차 중 하나다. 그리고 나는 이들 때문에 90년대 영국에 갇혔고 이들을 기준점으로 80년대의 매드체스터와 2000년대의 포스트 펑크 리바이벌을 듣고 있다.

갇혔다는 말은 장난도 과장도 아니다. 나는 Oasis에 인생과 취향을 빚졌고, 그 빚을 하루하루 갚아나가고 있다. (부채 탕감의 일환으로 Oasis의 모든 정규 앨범과 컴필레이션 앨범을 LP판과 CD 두 가지 포맷으로 사 모았고 이젠 그 형제들의 솔로 앨범들과 몇 십 년 전에 생산된 싱글들까지 전 세계를 뒤져 모으느라 허리가 부러질 지경이다.) 하여간에 이 워킹 클래스 홀리건 형제는 내 인생을 망치러 온 나

내 인생의 브리티시-락커즈-앤드-트랙즈

의 구원자라고 할 수 있겠다.

그러니 당연하게도 Oasis의 B-side들과 데모 버전의 곡들까지 거의 다 들어봤다. 하지만 이 글에서 소개할 곡은 Live Forever다. 이 글을 적게 하고 내 인생을 영국 락에 완전히 말아버린 갤러거 형제의 밴드, Oasis의 대표곡이자 영혼이고 또 젊음이라는 정체성이다. 작곡가 노엘 갤러거가 자신의 천재적인 감성과 재능을 터뜨리기 시작한 곡이기도 하고 1집을 샴페인처럼 쏘아 올린 계기이기도 하다.

노래는 4분 36초의 평범한 재생 시간을 가지고 있지만 시작부터 비범하다. 심장 고동을 닮은 둔탁한 비트가 울려 퍼지고 그 비트가 심장 고동과 겹쳐지는 순간 맑고 거친 리암 갤러거의 목소리가 Maybe I don't really wanna know, 라고 외친다. 어쩌면 나는 알고 싶지 않은지도 몰라 - 이렇게 운을 뗀 화자는 그가 바라는 것들을 늘어놓는다. 날고 싶고, 살아남고 싶고, 죽고 싶지 않고, 그저 숨 쉬고 싶고, 믿고 싶지는 않다. 그 모든 것들을 지나 화자가 진짜 하고 싶은 말이 드러난다.

Maybe you're the same as me
We see things they'll never see
You and I are gonna live forever

강일립

어쩌면 너는 나와 같은지도 몰라

우리는 그들이 보지 못하는 걸 보니까

너와 나는 영원히 살게 될 거야

하지만 동시에 노래는 실패할 가능성 역시 자각하고 있다.

Maybe I will never be

All the things that I wanna be

화자는 자신이 모든 것에 실패할지도 모른다는 두려움을 솔직히 드러낸다. 그러나 젊음은 좌절하지 않고 Now is not the time to cry / Now's the time to find out why라고 노래하며, 우리는 꺾이지 않는 젊음의 강인함을 엿볼 수 있다. 그리고 그 불굴의 젊음은 이제 확신에 가득 차서 청자에게 선언한다.

I think you're the same as me

We see things they'll never see

You and I are gonna live forever

너와 나는 같다고, 같은 영혼을 가진 너와 나는 영원히 살 거

내 인생의 브리티시·락커즈·앤드·트랙즈

라고.

처음이 다시 한 번 반복되고, 리암은 여름 아침의 소낙비 같은 목소리로 되풀이해 부른다.

Gonna live forever, Gonna live forever,
We're gonna live forever, Gonna live forever,
Gonna live forever, Gonna live forever

맑고 거친 리암 갤러거의 목소리와 노엘 갤러거의 노련하고도 세련된 기타 리프가 완벽하게 조화된 곡이다. 낮게 울리는 드럼과 째지는 기타 소리가 잘못하면 보컬을 묻어버릴 수도 있었지만 리암 갤러거의 아이코닉한 목소리가 흔들리지 않고 중심을 잡는다. 그 천부적인 재능 덕에 반복은 전혀 지루하지 않다. 그렇게 4분 36초가 여름의 소낙비처럼 청자를 적시고 지나간다.

이 노래는 노엘 갤러거가 리암 갤러거와 함께 살며 작곡한 곡이고, 두 형제 사이의 유일무이한 세계에서 성립하는 전무후무한 유대감과 존재감에 관한 노래다. 딱 그들의 관계와 같이, Live Forever의 화자는 세상에서 나와 당신 두 사람만을 염두에 두고 있다. 다른 사람들은 우리 알 바 아니고, 너랑 나는 영원히 살 거라는 건방지고 오만하며 또 아름다운 노래다.

젊음은 영원히 살 수 없다는 것을 알고 있으면서도 영생을 입에 담는다. 이를 가능케 하는 젊음의 힘은 맹목적이고 아름답고 또 진실하다. 그러니 개인의 영생은 불가능하지만 그것을 감히 입에 담는 이 젊음의 힘은 인류가 존재하는 한 영원할 것이고, 그게 바로 Live Forever의 피 끓는 젊음이요, 또 눈이 부시도록 아름다운 청춘인 동시에 불멸할 Oasis의 영혼이라는 사실에는 모두가 동의할 것이다.

5. The Libertines - Can't Stand Me Now
(2004, 정규 2집 〈The Libertines〉)

자, 이제 90년대를 지나 새천년의 포스트 펑크 리바이벌로 들어왔다. 친구의 추천으로 The Libertines를 듣게 되었는데, The Libertines의 이야기를 하기 위해서는 그 전에 포스트 펑크 리바이벌 이야기를 조금 해야 한다. 브릿팝의 지배가 끝나고 2000년대의 락은 포스트 펑크 리바이벌이 이끌었는데, 그 시발점이 된 밴드가 미국의 The Strokes와 The White Stripes다. 문제는 락 좀 한다는 나라인 영국에 이들의 대항마가 없었다는 점이었다. 영국 락 씬은 이 상황을 타개할 누군가를 간절히 기다

렸다. 그리고 연기를 공부하던 칼 바랏이 문학을 전공하던 피트 도허티와 함께 결성한 밴드, The Libertines가 2002년에 첫 앨범 〈Up The Bracket〉을 내며 상업적으로나 비평적으로나 큰 성공을 거두었다. 그러나 피트 도허티의 마약과 밴드의 과중한 스케줄 때문에 갈등이 점점 심해져, 2집 〈The Libertines〉를 낸 다음 호평에도 불구하고 2004년에 해체한다. (다행히도, 10년 후인 2014년에 재결합했다.)

어쨌거나 이 앨범에서 소개할 곡은 2집의 첫 트랙, Can't Stand Me Now다. 이 곡은 소개한 모든 곡들처럼 경쾌하고 명랑한 비트 및 멜로디를 가지고 있지만 가사를 까보면 아주 엉망이다. 지금까지 소개한 곡들 중 가장 시궁창이라고 해도 모자라지 않다.

An ending fitting for the start
You twist and tore our love apart
시작과 걸맞는 우리의 끝
넌 우리의 사랑을 비틀고 찢어버렸어

(중략)

I know you lie

All you do is make me cry

All these words they ain't true

네가 한 말 다 거짓말인 거 알아

넌 날 울리기만 해

네가 한 말들 전부 사실이 아냐

    인용한 가사를 보면 알 수 있듯이, 노래에서 칼과 피트는 끊임없이 서로를 비난하는 동시에 상황이 이렇게 된 것을 한탄하고 슬퍼하고 너는 날 견딜 수 없다고 공격한다. 하지만 그들은 동시에 두 사람을 이어주는 행운이 끝나지 않기를 희망한다. 두 사람의 애증과 슬픔이 깔린 노래고 무대에서 같은 마이크에 대고 이 노래를 부르면서 무슨 생각을 했을까, 짐작해보게 하는 노래다.

    얼마나 서로가 지겨웠는지, 곡의 마지막 부분에는 You can't stand me now가 무려 16번이나 반복된다. 칼과 피트가 서로를 어느 정도로 사랑하면서 또 지긋지긋해하면서 동시에 상대방이 떠나갈까 봐 겁을 먹었는지 알 수 있는 부분이다.

    전체 가사에서 가장 인상적인 부분을 꼽자면 I'm still in love with you와 And hope our luck is never ending이다. 계속해서 서로를 물고 뜯으면서도 함께 있고 싶어 하고 여전히 사랑한다고 하는 진절머리 나는 유대감이 가장 잘 드러나는 가사라고 생각하면 알맞을 것 같다.

하지만 시작부터 쏟아지는 멜로디가 부정할 수 없이 신나고 또 어떤 면에서는 견딜 수 없이 로맨틱한 노래다. 서로가 끔찍하게 견디기 힘들다고 화를 내면서도 서로를 견디며 붙어 있고 싶은 마음이 가득 담긴 노래니까. (밴드 구성원들 - 특히 기타리스트와 프론트맨 - 사이의 이 기묘한 애증은 생각만 해도 숨이 턱 막히지만 동시에 그들의 음악적 영감의 원천이 되기도 한다. 팬으로서 웃어야 할지 울어야 할지 알 수가 없다.)

6. Arctic Monkeys - Suck It And See
(2011년 6월, 정규 4집 〈Suck It And See〉)

2002년에 결성된 Arctic Monkeys는 영국 셰필드를 근거지로 하는 4인조 락 밴드로, 앨범마다 편차는 꽤 있지만 기본적으로 인디 락/얼터너티브 락/포스트 펑크 리바이벌/개러지 락 등의 장르에 걸쳐 있다고 평가받는다. 결성 극초반에 팬들에게 직접 구운 CD를 나눠주며 음악을 시작한 이들은 2005년에 첫 싱글 〈I Bet You Look Good on the Dancefloor〉를 냈다. 이 앨범은 발매와 동시에 로비 윌리엄스 등을 가볍게 제치며 UK 싱글 차트 1위를 차지했다. 이렇듯 Arctic Monkeys는 Oasis에 비견되는 히트를 치며 데뷔하면서 종전까지 영국에서 가장 빨리 팔린 데뷔 앨범이던 Oasis의 1집 기록을 갈아치웠고, 2007년 브릿 어워즈 베스트 앨범 상을 받았다. Arctic Monkeys는 그 이후로도 여러 앨범들을 내며 활동했고, 곧 신보를 낸다는 기사가 얼마 전 NME에 릴리즈되었다!

어쨌거나 Arctic Monkeys는 인디 씬에 베이스를 둔 마지막 아레나급 대형 밴드다. 사실 Arctic Monkeys보다 비평적으로 더 호평받는 밴드들도 있고 더 유명한 메가히트곡을 가진 밴드들도 있다. 그럼에도 불구하고 이제 락 음악의 소비 경로 및 장르가 세분화되었기 때문에 예전처럼 인디 씬에서 메이저 씬으로 건너가는 정통 코스를 밟아 아레나급 밴드가 되기는 사실상 불가능해졌다고 봐야 한다.

소개할 앨범과 곡은 이들의 2011년에 발표된 4번째 스튜디오 앨범 〈Suck It And See〉와 동명의 제목을 가진 11번째 트랙 Suck It And See다. 알쏭달쏭한 이 문장을 의역하자면 "해보기 전에는 모르니 일단 해봐."가 되겠다.

4집은 Arctic Monkeys의 모든 앨범 중 가장 서정적이고 따스한 느낌의 앨범으로, 다정하고 따뜻한 러브 송들이 곳곳에 포

진해 있다. 개러지 락/포스트 펑크 리바이벌에서 벗어나 새로운 스타일을 찾던 시기에 속한 앨범이라서 어떤 이들은 이 앨범을 과소평가하지만, The Smiths 스타일의 서정적인 음악을 좋아하는 이들은 이 앨범을 사랑한다.

Suck it and see의 가사는 사랑에 사로잡힌 마음을 절절하게 담아내는데, 이는 특히 후렴구에서 아주 잘 드러난다.

Suck it and see, you never know
Sit next to me before I go
Jigsaw women with horror movie shoes
Be cruel to me, 'cause I'm a fool for you
일단 사랑에 빠져봐, 어떨지 모르잖아
내가 가버리기 전에 내 곁에 앉아봐
특이한 신발을 신은 수수께끼 같은 사람
나한테 잔인하게 굴어, 어차피 너밖에 모르니까

노래의 감성이 절정으로 치닫는 부분은 한층 더 직설적이다.

Blue moon girls from once upon a shangri-la
How I often wonder where you are

You have got that face that just says

"Baby, I was made to break your heart."

지상 낙원에 드물게 나타나는 소녀들

네가 어디 있는지를 내가 얼마나 자주 궁금해하는지

너는 딱 그런 얼굴을 하고 있지

"자기야, 난 네 마음을 아프게 하기 위해 태어났는걸."

　사랑이 뭐고 연애감정이 뭔지는 사람마다 너무나 다른 생각과
기준을 갖고 있어서 절대로 객관적으로 개념화하거나 정량화할
수 없는 부분이지만, 많은 이들이 사랑에 빠지면 바보가 된다고
들 말한다. 사랑하는 사람이 대놓고 못되게 굴거나 심지어는 마
음을 이용하더라도 거부하거나 미워할 수 없는 경우가 많다. 알
렉스 터너는 사랑의 이런 자기파괴적이고 희생자 되기를 자처하
는 태도를 노래에 담아냈고, 서정적인 멜로디와 알렉스 터너의
부드러운 목소리가 드라마틱함과 로맨틱함을 더욱 극대화한다.

　이런 연애를 해본 사람이라면 공감에 미소 지을 것이고, 동시
에 그 마음에 잔잔한 물결이 일어날 것이다. 내게 이 노래는 한
여름 밤의 꿈결처럼 아름다운 러브 송이다.

7. Noel Gallagher's High Flying Birds - The Death Of You And Me
(2011년 10월, 정규 1집 〈Noel Gallagher's High Flying Birds〉)

글을 읽으신 분들은 4번에서 Oasis를 다루고 7번에서 갤러 거 형제 이름이 또 나오는 것에 고개를 갸웃하실지도 모르겠다. 사실 다음 곡도 갤러거다. 8곡 중 3곡이 갤러거 형제의 곡이라서 좀 민망하긴 한데 내가 이들의 재능에 제대로 사로잡힌 사람이라 하나하나 소개하지 않고는 넘어갈 수 없다.

2009년 8월에 Oasis가 갑작스럽게 해체하고 나서 노엘 갤 러거는 2010년에 Noel Gallagher's High Flying Birds라 는 이름의 솔로 프로젝트를 꾸렸고, 리암 갤러거도 남은 밴드 멤 버들과 함께 Beady Eye라는 밴드를 결성하며 형제 간 대결 구 도가 만들어진다. (결과적으로 Beady Eye는 2집을 내고 해체하며 Beady Eye의 멤버이던 드러머 크리스 샤록과 기타리스트 겜 아처는 Noel Gallagher's High Flying Birds의 투어 멤버가 된다. 베이시스 트 - 본업은 기타리스트 - 앤디 벨은 Oasis 이전에 속해있던 RIDE로 돌아간다. 이는 8번 항목에서 더 자세히 다룰 것이다.)

어쨌거나 노엘 갤러거는 출중한 작곡 재능과 그 멜로디를 무난하게 살리는 목소리로 정규 앨범 셋과 많은 싱글들을 냈고, 지난 6월에는 ⟨Back The Way We Came Vol.1⟩이라는 히트곡 컴필레이션 앨범을 냈다. (새로 추가된 신곡 Flying On The Ground를 추천한다.)

소개할 앨범과 곡은 정규 1집 ⟨Noel Gallagher's High Flying Birds⟩의 네 번째 트랙인 The Death Of You And Me다. 노엘 갤러거가 보컬을 맡은 곡들에서 가장 진하게 드러나는 특유의 잔잔한 슬픔과 '우리가 도망쳐 도달할 여기 아닌 어딘가' 감성이 뚜렷한 노래다.

노래는 High Tide라는 단어로 시작한다. 공간감이 풍부한 멜로디, 우아하고 세련된 고음이 귀에 살그머니 내려앉고 곧바로 다음 소절로 넘어간다. 가사에서는 쉽고 일상적인 단어들의 각운이 두드러진다. Summer in the city-The kids are looking pretty / Is followed by thunder-With thoughts of going under에서 누구나 y와 r의 각운을 느낄 수 있다. 해안 도시의 여름이 지닌 아름다움을 노래한 다음 바다가 자신을 부르고 있다는 내용의 가사는 의미심장한 회청색이다.

다음 부분은 바다가 자신을 부르는 이유가 삶을 앗아가고 영혼을 빨아들이는 존재들로부터 도망치기 위함이라는 내용이고, 그 다음에는 다시 High Tide가 나오며 첫 부분의 변주가 진행

된다. 이후에 화자가 노래를 통해 정말로 하고 싶은 말이 드러난
다.

    Forever we'd be free

    우리는 영원히 자유로워질거야

이 가사는 다음 부분에서도 나타난다.

    Let's run away to sea

    Forever we'd be free

    바다로 도망가자

    우리는 영원히 자유로울 거야

    Free to spend our whole lives running

    From people who would be The death of you and
me

    우리의 삶을 도망가는 데 자유롭게 쓰는 거야

    너와 나의 죽음이 될 사람들로부터

    Cause I can feel the storm clouds coming

    왜냐면 폭풍이 다가오는 걸 느낄 수 있거든

비슷한 가사와 멜로디를 차근차근 쌓아올리고 그에 따라 참을성 있게 서사를 전개한 노엘 갤러거는 마지막 장면을 터뜨리듯 보여준다.

> I'm watching my TV, or is it watching me?
> 내가 TV를 보고 있나, 아니면 TV가 나를 보는걸까?
> I see another new day dawning
> 새로운 날이 밝아오는 게 보여
> It's rising over me, with my mortality
> 내 위로 떠오르고 있어, 나의 필멸과 함께
> And I can feel the storm clouds sucking up my soul
> 그리고 난 내 영혼을 빨아들이는 폭풍을 느낄 수 있어

TV-화자 사이의 관계를 뒤집음으로써 노엘 갤러거는 이 도망이 주체적인 결정이 아닐 수 있음을 암시한다. 하지만 어쨌거나 그는 도피를 택하고, 새로운 날이 온다. 그는 죽음이 될 사람들을 피해왔지만 그것을 완전히 피할 수는 없다는 사실을 안다. 폭풍은 결국 그의 영혼을 빨아들인다.

노엘 갤러거의 가장 큰 재능은 그의 압도적이고 섬세한 감성으로, 그는 언제나 사랑과 외로움에 관해 적어왔으며 도망이라는

테마도 Oasis 시절부터 꽤 자주 사용했다. 이 노래 역시 사랑하는 이와 이곳이 아닌 어딘가로 도망가려는 내용이다. 사실 여기까지는 흔하게 볼 수 있는 소재와 표현이다. 그러나 노엘 갤러거가 표현하는 '우리가 도망쳐 도달할 여기 아닌 어딘가'는 흔히 표현되는 지상낙원이 아니다. 그는 아무리 도망친다고 해도 죽음을 피할 수 없다는 사실을 잘 알고 있다.

그럼에도 불구하고 도망치자고 말하는 그의 가사는 아무리 피할 수 없는 결과라고 해도 그것을 기다리며 가만히 있어서는 안된다는 메시지를 전한다. 곡은 표면적으로 사랑의 도피를 말하고 있지만 결국에는 인간 의지와 행동에 관한 내용이다. 설령 그 행동이 온전히 나의 의지에 따른 것이 아니어도, 인간은 움직여야 한다. 그것이 노엘 갤러거가 보는 인간이다.

8. Liam Gallagher - For What It's Worth
(2017, 정규 1집 〈As You Were〉)

Beady Eye의 2집이 상업적으로 실패하고, 2014년 10월에 해체한 후 리암 갤러거의 삶은 말 그대로 최악이 된다. 이혼 등 사생활은 죄다 까발려지고, 재산의 절반을 전 아내에게 지급하라는 판결이 내려지는 동시에 법정에서 소란을 피운 죄로 무거운 벌금이 부과되었다. 더 선(The Sun) 같은 황색 언론을 위시한 수많은 이들이 그를 공격한다. 모든 것에 지친 리암 갤러거는 그의 인생에서 처음으로 아무것도 하지 않고 조용히 3년을 지낸다. 모든 것이 끝이라는 생각이 그를 지배했다.

하지만 그는 2017년에 워너 뮤직과 계약하고 솔로 뮤지션으로 화려하게 돌아온다. Beady Eye의 해체 이후 은둔하며 기타를 안고 작곡과 작사를 본격적으로 시작한 것이 솔로 데뷔라는 결과물로 나타난 것이다.

2017년 10월, 그의 첫 솔로 앨범 〈As You Were〉가 발매된다. 기본적으로 클래식한 로큰롤 앨범이지만 사이키델릭함과 어쿠스틱한 느낌이 공존하고 있으며, Oasis와 Beady Eye를 거치며 혹사당해서 '완전히 맛이 갔다'는 평가를 듣던 목소리가 복구되어 돌아왔다!

이 앨범은 UK 차트 1위를 무리 없이 달성했으며 메타크리틱 71점, NME 4.0/5 등의 평가를 받으며 상업적 성공과 비평적 성공을 동시에 거머쥐었다. 2019년 9월에는 정규 2집 〈Why Me? Why Not.〉이 나왔고 이 역시 좋은 성적을 거뒀으며, 리암 갤러거는 올해 하반기에 정규 3집을 내기 위해 준비 중이다.

리암 갤러거를 아는 이라면 그가 Beady Eye 이후 얼마나 힘든 시기를 보냈는지 알 것이다. 영국을 넘어서 세계 최강의 프론 트맨이라는 칭호를 받던 오만한 이가 말 그대로 아무것도 하지 못한 채 무기력하게 살았고, 음악도 포기해버렸다. 그랬던 그가 다시 일어나서 본격적으로 음악에 뛰어들며 제게 남은 모든 것을 뽑아낸 앨범이다. 그 결과는 말 그대로 눈부신 대성공이자 그 누구도 이견을 제기할 수 없이 완벽한 부활이었다.

리암 갤러거의 솔로 데뷔 과정을 담은 다큐멘터리가 공개되었는데, 그 다큐멘터리를 보면 매체에 소개된 그의 모습과 사뭇 다른 면모를 엿볼 수 있다. 그 건방짐과 오만함으로 악명 높은 리암 갤러거는 그에게서 찾아보기 어렵던 담담함으로 스튜디오에 들어서서, 거의 처음으로 형 아닌 사람과 합을 맞추고 의견을 나누며 협업한다.

어쨌거나 이 앨범은 리암 갤러거가 참여한 그 어느 앨범과도 다르며 앞으로도 다를 것이다. 은둔하던 그가 다시 한 번 대중의 심판을 받기 위해 모습을 드러냈다. 이번에 실패하면 더 이상의 기회는 없으리라는 사실이 너무나 명백했기 때문에, 언제나 오만하고 자신만만한 사람이지만 이번만큼은 두려웠을 것이다. 그럼에도 불구하고 그는 그 평가를 받기 위해 돌아온다. 순교자를 떠올리게 하는 태도로 대중 앞에 선 리암 갤러거의 첫 앨범, 다시없을 간절함과 진정성으로 빛나는 작품이다.

강일립

소개할 곡은 다섯 번째 트랙, For What It's Worth다. 이 노래는 그가 지금까지 저지른 잘못에 대한 속죄이고 또 고해이며 동시에 사과다. (사족이지만 나는 리암 갤러거같이 거만하고 자존심 강한 사람이 솔로 아티스트로서의 새로운 에고를 가지고 오면서 지난 잘못에 대한 인정과 사과를 들고 왔다는 사실에 대해 정말 놀랐고 그 이상으로 깊이, 깊이 감동받았다.)

곡의 도입부부터 '찐'이라는 느낌이 온다. 독특한 질감을 지닌 리암 갤러거의 목소리는 간주를 길게 두지 않고 곧장 치고 들어오며, 자아내는 가사는 직설적이고 처절하다. 그 어떤 장식도 없다.

In my defense, all my intentions were good
And heaven owns a place somewhere for the misunderstood
You know I'd give you blood if it'd be enough
변명하자면, 내 의도는 그런 게 아니었어
오해받은 사람을 위한 자리가 천국 어딘가에 있을 거야
알잖아, 네게 피라도 줄 수 있어
만약 그걸로 충분하다면

회한 어린 사과로 시작하는 노래가 진행되고 곧 핵심적인 후

내 인생의 브리티시-락커즈-앤드-트랙즈

렴구가 드러난다.

For what it's worth

의미가 있을지 모르겠지만

I'm sorry for the hurt

아프게 해서 미안해

I'll be the first to say

내가 먼저 말할게

"I made my own mistakes"

내가 잘못했어

For what it's worth

의미가 있을지 모르겠지만

I know it's just a word

알아, 이건 그저 말일 뿐이고

And words betray

말들은 우리를 배반하지

Sometimes we lose our way

가끔 우린 길을 잃기도 해

For what it's worth

의미가 있을지 모르겠지만

마지막에서 두 번째 구간은 고음이지만 더 낮은 마음으로 부른다.

Let's leave the past behind
이제 과거는 뒤에 남겨두자
With all our sorrows
우리의 슬픔도 같이
I'll build a bridge between us
내가 우리 둘 사이에 다리를 놓고
And I'll swallow my pride
또 내 자존심도 억눌러볼게

이 부분이 끝난 다음, 앞서 말했던 후렴구가 노래를 마무리한다.

처음 들었을 때, 그의 형 노엘 갤러거를 비롯해 많은 사람들에게 용서를 구하는 이 노래의 멜로디와 가사와 진정성 앞에서 저절로 눈물이 고였다. 말을 하기가 어려울 정도로 슬픈, 동시에 아름다운 노래고 온 마음을 다한 용기다.

누구나 인생을 살아가며 잘못을 저지르고 실수를 한다. 사실 불같은 성질의 리암 갤러거는 보통 사람이 저지른 것보다 더 많

내 인생의 브리티시·락커즈·앤드·트랙즈

은 실수들을 하고 더 많은 이들에게 상처를 줬음이 분명하다. 하지만 그는 그 사실들을 인정한 후 사과하고, 용서를 빈 다음 앞으로 나아가는 사람이다. 그걸 가능케 하는 용기와 겸허한 태도 앞에서 완전히 무감각할 사람은 별로 없으리라고 생각한다.

넘치는 재능으로 진심을 담아 영혼으로 부른 노래다. 내가 1집에서 가장 많이 듣는 노래는 아니지만 가장 훌륭한 노래라고 자부한다.

결론

사랑하는 것을 사랑하는 기쁨

원래 10곡을 소개하려고 했는데 시간과 지면의 한계로 부득이하게 8곡만 소개할 수밖에 없었다. The Vaccines 1집의 Wetsuit와 Kasabian 6집의 God Bless This Acid House가 빠졌는데, 이 글을 재밌게 읽으신 분들이라면 들어보기를 권한다. Wetsuit는 가사와 멜로디에서 드러나는 풋풋한 사랑이, God Bless This Acid House는 신나는 즐거움이 귓가에 와르르 쏟아지는 노래다.

쓰면서 정말, 정말 즐거웠다. 내가 사랑하는 것들에 대한 팩트와 맥락, 나의 생각과 감상을 정리하고 또 나열하며 내가 얼마나 락이라는 장르를 좋아하는지 다시 한 번 느꼈다. 새벽에 적다가 가사와 선율에 혼자 감명받아 잠시 멈추고 감상에 젖기도 했다.

사실 한국에서 락이라는 장르는 언제나 마이너였고, 앞으로도 그럴 가능성이 높아 보인다. 그러다 보니 요새 음악 뭐 듣냐는 일상적인 질문 앞에서 솔직히 대답하면 어색해지는 경우가 많다. 또 원하는 노래를 원하는 음질로 찾아 듣기 위해 해외 계정을 개설해 해외 스트리밍 서비스를 우회로 이용해야 하는 번거로움도 있다. 좋아하는 락쟁이들의 새 앨범이 나오거나 희귀한 중고 매물이 뜰 때마다 돈을 물 쓰듯 써야 하고, 가족들에게 또 음반 샀냐고 핀잔 듣는 것은 덤이며 영미권의 시간에 맞춰 언택트 콘서트나 음원 공개 혹은 라디오 따위를 접해야 한다. 라이브 영상이라도 볼라치면 저화질의 옛날 영상만 주구장창 봐야 하는 것도 상당히 고역이다.

그럼에도 불구하고 나는 락을 사랑한다. 락은 내가 이걸 사랑하지 않았으면 대체 어떻게 살았을까, 하는 생각을 가끔 할 정도로 내 일상과 자아의 큰 부분을 차지하게 되었다. 사랑을 위해 바쳐야 하는 것은 많지만 그 이상의 큰 기쁨과 가치가 내게 돌아온다. 쏟아붓는 돈이 아깝지 않고 시간이 아깝지 않다. 본전 생각이 나지 않는다.

그래서 나는 이 글을 읽은 여러분에게도 이런 취미가 생기기를 바란다. 사랑이 밥을 먹여주지는 않지만 인간에게는 빵뿐만 아니라 장미도 필요하니까. 내 인생의 장미가 여러분에게도 향기를 전해주었길 바라며 이들 중 몇 곡이라도 들어봐주길 부탁드린다.

키보드 위에서 나를 확인한다

: 기계식 키보드 입문서

씀의 시작, 키보드

쓴다는 것은 모든 것의 시작입니다. 떨리는 사랑의 시작은 달콤한 메시지 하나를 적어 보내며 시작되고, 매일 이겨내는 업무는 종류를 불문하고 쓰는 행위를 동반합니다. 감정을 정리하기에도 쓰는 것은 가장 유용한 방법입니다. 가슴속에서 울리는 단어들과 머릿속에 맴도는 문장들을 정리하여 적다 보면 불투명했던 스스로를 뚜렷하게 확인할 수 있습니다. 쓰는 것은 동시에 읽는 행위를 수반하므로 나를 향한 대화의 좋은 수단이 되죠.

그렇다면 당신은, 무엇으로 쓰나요? 우선 연필로 눌러 적는 고

키보드 위에서 나를 확인한다

전적인 방법이 있습니다. 종이를 펼치고 연필을 쥔 손에 힘을 주어 글을 씁니다. 하지만 한 글자, 한 단어 신중하게 써야 할 거 같아 부담이 됩니다. 긴 편지나 중요한 글을 쓰다가 아뿔싸, 중간에 빼먹은 문장이 떠오르면 마음의 당황과 함께 한숨이 나옵니다. 수정하기 어렵다는 부담감에 찢고 다시 쓰기를 반복하다 보면 쓰레기통에 폐지가 가득 차오릅니다. 반대로 스마트폰으로 쓰자니 어딘가 가볍습니다. 당신의 마음을 전부 그려내기엔 스마트폰의 화면이 너무 작습니다. 연필처럼 한 글자씩 꾹꾹 눌러 적고 싶은 감성의 영역이 만족스럽지 않을 때도 있습니다.

이런 고민은 컴퓨터 앞에 앉아 손가락으로 두드리는 키보드가 해결해줍니다. 문득 무엇이든 쓰고 싶은 생각이 들어 컴퓨터에 전원을 넣습니다. 감성을 더하기 위해 따뜻한 커피를 한잔 들고 옆에 두면 더 좋지요. 온기를 머금은 김이 피어오르는 머그잔 너머에서, 편한 옷을 입은 당신은 컴퓨터가 내는 작은 소음과 어울리는 음악을 찾아 틉니다. 검게 깜박이는 커서의 리듬을 느끼며 열 손가락을 키보드 위에 올립니다. 손끝으로 키보드 위를 더듬습니다. 깊은숨을 짧게 뱉어내고 천천히 움직이기 시작합니다. 자연스럽게, 손가락은 당신의 문장을 따라 발자국을 찍습니다. 혹시 화가 났나요? 그렇다면 키보드를 두드리는 당신의 손가락은 터프하고 공격적으로 움직일 겁니다. 타자 소리는 빠르고 크게 나겠죠. 사랑하는 사람과 주고받는 메시지를 입력할 땐 한층 경쾌하게 움직입니다. 그 사람을 만나러 가는 발걸음처럼, 손가락은 키보드 위에서 설렘이 가득한 춤을 춥니다. 아마 당신 옆자리에 사람이 앉아 있다면 키보드가 움직이며 내는 소리로 인해 달라지는 공기를 희미하게 탐지할 거예요.

저는 종종 무엇이든 쏟아 내고 싶을 때 문서 프로그램을 켜고 생각나는 대로 키보드를 치고는 합니다. 하루는 심한 우울감이 느껴지는 날이 있었거든요. 직장에서는 화가 뻗치는 일이 있었고 퇴근 후에는 친구에게 섭섭한 일이 생겼습니다. 눈빛과 말투가 날카로워지고 숨이 가빠졌어요. 그날 밤, 감정의 쓰레기를 문장에 빚어서 마구 써내려갔습니다. 욕도 있었던 것 같고 미운 사람에 대한 원망도 적었죠. 그런데 그날은 마음의 무게가 유독 무거웠나 봅니다. 문장을 입력하면서도 해결되지 않는 마음의 찌꺼기를 느꼈습니다. 아 갑갑해, 연필로 적고 있다면 종이를 찢었을 것이고 핸드폰으로 적고 있으면 대충 어딘가 던져버릴 것만 같은 기분, 컴퓨터 앞에 앉아 있는 저는 갑갑했어요. 결국 해결되지 않는 감정을 한쪽에 접어두고 이불 속으로 들어가버렸습니다. 그러던 어느 날, 우연히 친구의 집에서 새로운 종류의 키보드를 만져볼 기회가 있었습니다. 어? 이 키보드는 뭐야? 왜 이상해? 우리 집에 있는 키보드랑 많이 다른데? 낯설어하는 저에게 친구는 그

키보드 위에서 나를 확인한다

것이 기계식 키보드라고 했습니다.

기계식 키보드와의 첫 만남이었습니다. 돌이켜보면 매우 조잡한 품질의 키보드였지만 저에게는 새로운 세상의 문이 열린 것이죠. 그 키보드는 큰 회색 본체에 바둑알처럼 딱딱한 키들이 나열되어 있었어요. 자리에 앉아 무엇을 입력해볼까 하다가 입에 익숙한 애국가를 쳐보았습니다. 버튼은 거칠고 무거웠어요. 손가락에 전해지는 묵직함은 가슴을 누르는 갑갑한 돌을 부수기에 적합했죠. 모니터는 어떤 키보드로 입력을 하더라도 누르거나 누르지 않거나 둘 중의 하나의 반응만을 할 뿐입니다. 그러나 감정이 담긴 제 손가락의 움직임에 키보드는 적극적으로 답을 해주는 듯했습니다. 저의 공격적인 타이핑을 무시하지 않고 반응해주었습니다. 아무리 세게 눌러도 의연하게 저를 받아주고 탄성으로 저를 지치지 않게 해주었어요. 한참 동안 애국가를 입력하며 처음 느끼는 위로를 받았죠. 키보드가 나를 위로해줄 것이라는 상상을 언제 해봤겠어요.

이후 다양한 키보드에 관심을 갖게 되었고, 캐릭터와 느낌이 다른 키보드들을 하나씩 모아나갔습니다. 새로운 키보드를 알게 되면 하나씩 구입했고, 반복되다 보니 꽤나 많이 모였더군요. 저는 그것들을 서재 책장 한편에 종류별로 가지런히 꽂아두었습니다. 주기적으로 먼지를 털고 고장이 나지 않게 관리하면서요.

컴퓨터 앞에 앉기 전, 오늘은 어떤 옷을 입고 출근할지 고민하듯 신중하게 키보드를 골랐습니다. 온라인 업무를 볼 때, 친구와 대화를 할 때, 글을 쓸 때, 그리고 그 글이 어떤 글인지에 따라 나와 함께 할 키보드를 골라 컴퓨터에 꽂았습니다. 직장에서도 업무에 어울리는 키보드를 신중하게 골라 올려두었어요. 업무효율과 생산성이 마구 올라가는지는 잘 모르겠지만, 적어도 직장에서 소소한 재미는 확실히 느껴요.

제가 빠져 있는 키보드의 세상을 여러분에게 보여드리고 싶어요. 언택트 시대가 찾아와 컴퓨터 앞에서의 시간이 늘어났어요. 디지털로 세상이 번역되고 손글씨는 마지막 감성의 영역에 보관되어 있습니다. 여러분의 서사는 키보드 위에서 손가락이 만들어낸 글자와 문장으로 쓰입니다. 당신이 이야기를 풀어내는 순간 필수적인 아이템인 키보드를 지금부터 찍어 먹어보도록 하겠습니다.

그래서 기계식 키보드가 뭐냐면요

정말 단순하게 말하면 각 키마다 눌리는 점을 따로 가지고 있는 키보드입니다. 여러분이 익숙하게 사용하시던 키보드는 키 아래 큰 고무판 한 장, 회로 한 장이 겹쳐져 있는 구조거든요. 그러나 기계식 키보드는 키들이 따로 구분되어 있다고 이해하시면 됩니다.

검색창에 기계식 키보드를 검색해보면 결과가 굉장히 많이 나옵니다. 그래봐야 키보드인데 거기서 거기 아닌가, 라고 생각하신 다면 천만의 말씀. 축이 다르고 색이 다르고 종류도 다양하죠. 가격, 모양도 다르고 심지어 키보드에 글자가 쓰여 있지 않기도 하고…. 다양한 키보드를 치는 모습을 보여주는 영상들도 많은데, 무엇이 다르고 어떤 점이 좋고 나쁘다는 건지 도통 알 수가 없으실 거예요. 그러니 다양한 키보드를 쉽게 찍어 먹어보기 전에 몇 가지 용어를 확인하고 시작할게요. 첫 번째로 스위치와 그 속에 들어 있는 슬라이더, 그리고 접점입니다.

스위치란 각 키마다 가지고 있는 독립적인 몸체를 말합니다. '키보드 종류가 다르다.'라는 말은 '키보드 스위치가 다르다.'라는 말과 같아요. 보통 기계식 키보드를 선택할 때, 어떤 스위치를 사용할 것인가를 먼저 결정하죠. 스위치 안에는 슬라이더라는 것이 있어요. 여러분이 키를 누르면 슬라이더가 아래로 내려갔다가 올라와요. 스위치를 구분할 때, 통상적으로 슬라이더의 색으로 구분을 합니다. 대표적으로 청색, 적색, 갈색이 있고 우리는 이 스위치로 구성된 키보드를 각각 청축, 적축, 갈축 키보드라고 불러요. 슬라이더가 아래로 내려가면 아래 접점에 닿게 돼요. 그러면 컴퓨터는 해당 키가 입력이 됐다는 것을 알게 되죠. 여러분이 스위치를 누르면 슬라이더가 눌려서 아래 접점에 닿게 되어 입력이 되는 겁니다. 아주 간단하게만 정리해봤는데 이해가 되시나요?

기계식 키보드를 알기 위해 알아야 하는 두 개의 개념이 또 있습니다. 바로 구분감과 타건감입니다. 구분감은 키가 눌렸음이 느껴지는 감도를 의미해요. 스위치를 눌렀을 때 손가락에서 '아! 확실하게 눌렸구나!'라는 피드백을 강하게 받는다면 구분감이 많이 느껴지는 것이고 '걸리는 것 없이 부드럽게 눌렸구나!' 할 때는 구분감이 적다고 해요.

타건감은 스위치를 누를 때 알 수 있는 종합적인 감상입니다. 구분감이 각각의 스위치가 주는 피드백이라면 타건감은 전체 키보드로 무엇인가를 입력하면서 느껴지는 주관적인 감상이에요. 한 단락의 글을 작성하면서 '구름 위를 걷는 것 같다', '거칠지만 재밌다', '심심하지만 피로하지 않다' 등으로 표현되는 감상을 타건감이라고 말할 수 있겠네요.

쉽게 설명하고자 아주 핵심적인 몇 가지만 간단하게 표현해봤는데 되려 혼란스러움이 더해진 듯해서 식은땀이 납니다. 안 되겠습니다. 얼른 기계식 키보드의 대표 청축, 적축, 갈축 키보드를 살펴보고 덤으로 여러분이 흔하게 사용하시는 키보드까지 찍어 먹어보도록 하겠습니다.

나 기계식 키보드야! 시원하게 지르는 청축 키보드

청축 키보드는 맛이 없을 수가 없는 삼겹살 같습니다. 무슨 맛인지 우리 모두 알고 있는 대중적인 음식이죠. 청축 키보드는 특성이 뚜렷해서 기계식 키보드에 입문하시는 분들이 쉽게 선택하십니다. 생산적인 일을 하고 있다는 확신을 얻고 싶은 사람, 타이핑 자체의 재미를 원하는 사람들도 하나씩은 가지고 있습니다. 무엇을 먹을지 고민될 때 골목마다 있는 삼겹살집에 가면 적어도 실패하지는 않죠? 마찬가지로 기계식 키보드가 뭔지 하나도 모르겠다 싶을 때는 그냥 청축 키보드를 선택하셔도 괜찮습니다. 흔하고 다양하며 당신이 알고 있는 기계식 키보드가 바로 청축 키보드이니까요.

키 캡을 열면 파란 슬라이더가 보여서 청축 키보드라고 부릅니다. 그리고 클릭(Click) 스위치라고도 하지요. '클릭'은 딸깍 소리를 낸다는 뜻이거든요? 말 그대로 버튼을 누르면 눌렸음을 클릭 소리로 명확하게 알려줘요. 청축 키보드의 각 스위치 안에는 스위치 재킷이라는 부품이 있어요. 이 부분이 안쪽 걸쇠에 강하게 걸렸다 풀리고를 반복하며 고유의 딸깍딸깍 버튼 소리를 내며 스위치를 눌러보고 싶게 만드는 매력을 발산하죠. 특히 소음에 신경 쓰지 않고 신나게 놀 때, 청축 스위치의 소리는 재미를 배가 합니다.

잘 모르겠으면 청축 키보드를 선택하라고 말씀드렸죠? 이유 가 바로 이겁니다. 스위치가 눌리는 과정에서 손끝에 오는 감각 이 확실합니다. 버튼이 눌렸다는 피드백이 명확해요. 잘 익은 삼 겹살에 붙어 있는 오도독뼈를 오독하고 씹는 듯한 감각을 손가락 에 확실히 알려줍니다. 너 지금 스위치 눌렀어! 하고요. 청축 스 위치가 기계식 키보드를 대표한다 해도 과언이 아니거든요. 그래 서 먼 옛날에 종이를 꽂아두고 쓰던 타자기 감성을 원하는 분들 이 청축 키보드를 선택하기도 합니다.

주변에 존재감을 어필하기에도 청축 키보드는 단연 독보적입 니다. 고깃집에서 삼겹살 푸짐하게 먹고 회사나 도서관을 돌아다 니면 삼겹살 먹은 거 주변 사람들이 다 알죠? 옷에 스며든 고기 냄새는 섬유탈취제를 들이부어도 사라지지 않아요. 숨기려고 해 도 숨겨지지 않는 존재감. 고기 먹었다고 티 내기에는 삼겹살만 한 것이 없죠. 청축 키보드가 바로 그렇습니다. 스위치를 누르는 특유의 소리는 여러분의 상상보다 훨씬 큽니다. 사무실이나 도서 관에서 사용하면 최고 민폐가 됩니다. 소리를 잡기 위한 여러 방

키보드 위에서 나를 확인한다

법들이 있지만 그래도 태생이 청축 키보드인 것. 버튼이 눌리는 과정에서 나는 소리는 어쩔 수가 없어요.

특유의 소리를 내는 요인은 걸쇠에 걸리는 클릭재킷 외에 다른 이유도 있습니다. 키보드의 스위치를 설명할 때, 필요 키압 이라는 것을 표시하기도 합니다. 다양한 스타일의 스위치마다 키를 누르는 데 필요한 최소 힘의 크기가 다르거든요. 청축은 다른 종류의 키보드보다 필요한 힘이 더 큽니다. 입력을 위해 우리 손가락이 힘을 더 많이 줘야 한다는 이야기가 되겠네요. 강하게 누른 스위치는 키보드 아래 판을 강하게 때릴 겁니다. 그러면 소리가 더 크게 나겠죠?

그러니 집에서 엄마 몰래 컴퓨터게임 하기엔 청축 키보드는 적합하지 않습니다. 밤 2시에 가족들 몰래 삼겹살을 굽는다고 생각해봐요. 삼겹살이 익는 냄새는 분명 깊은 잠에 드신 엄마의 눈을 뜨이게 할 거예요. 엄마는 말씀하시겠죠. "야밤에 뭐 하는 짓이니?"

키를 누르는 데 필요한 힘, 키압의 개념을 말씀드린 김에 조금 더 이야기해볼까요? 다양한 종류의 키보드가 필요로 하는 최소 키압이 다르다고 말씀드렸습니다. (걸림 압력, 입력 압력, 최종 압력 등이 있는데 여기서는 모두 묶어서 키압이라고 할게요.) 청축이 가장 많은 압력을 필요로 한다는 사실도요. 스위치를 누르기 위해서 필요한 힘이 더 많이 든다는 것은, 장기간 사용 시 손에 무리를 준다는 이야기이기도 합니다. 특히 한국인들은 타자 속도에 진심이잖아요? 빠르게 많은 타수를 칠수록 손에 피로도 누적은 더 빨라집니다.

그래봐야 작은 버튼에 불과한데 손에 피로가 쌓여봐야 얼마나 쌓이겠느냐, 너무 예민한 것이 아니냐 하실 수도 있습니다. 그렇지만 잘 구워진 삼겹살을 한 시간 동안 먹는다고 생각해보세요. 정신없이 씹고 뜯고 즐기다 보면 턱이 아플 때 있지 않나요? 아마 부드러운 케이크를 한 시간 먹는 것과는 분명 차이가 있을 거예요.

작은 무게의 차이지만 열 손가락에 누적되면서 무리가 됩니다. 저도 긴 글을 쓸 때 청축 키보드는 피합니다. 금방 피곤해지고 손가락에 통증이 느껴지기도 하기 때문이에요. 게다가 재미가 가장 크게 느껴지는 청축 키보드를 부드럽게 칠 수 있나요, 신나게 두드려줘야죠. 결국 몰입해서 작업을 하고 나면 손가락 마디와 손등이 뻐근해집니다.

가장 뚜렷한 만족감을 주는 청축 키보드. 냄새를 폴폴 풍기며 존재감을 드러내지만 확실하게 맛과 재미를 보장합니다. 질긴 식감이 턱에 무리를 주기도 하고, 주변 사람에게 자칫 민폐가 될 수 있지만 기계식 키보드가 무엇인가를 가장 잘 보여주는 축이니까요, 궁금하시다면 접해보시길 추천합니다. 다만 엄마 몰래 컴퓨터 하기는 불가하다는 점은 꼭 기억하시고요.

부드럽고 경쾌한 움직임, 적축 키보드

후식으로 과일을 먹으려고 합니다. 사과, 오렌지, 바나나 등등 과일이야 수도 없이 많지만 지금은 멜론을 먹어볼게요. 과즙을 잔뜩 머금고 있고 잘 익어서 부드러운, 한번 먹기 시작하면 순식간에 한 통이 사라지는 멜론이요. 식감이 부드러워 과육을 씹기보다 이로 부드럽게 뭉개는 감촉이 떠오릅니다. 적축 키보드가 바로 그래요.

키 캡을 열면 빨간 슬라이더가 보여서 적축 키보드라고 합니다. 다른 이름으로 리니어(Linear) 방식의 키보드라고 해요. 영어사전에 Linear를 찾아보면 '직선의, 선으로 된' 등의 뜻이 나와요. 스위치가 눌리기 시작하는 점부터 끝에 닿는 순간까지 추가과정 없이 직선으로 쭉 간다는 의미입니다. 그래서 이질감 없이 부드럽게 타이핑을 하게 됩니다. 청축 키보드는 스위치가 걸리면서 특유의 소리와 촉각적 피드백이 온다고 말씀드렸죠? 반대로 적축 키보드는 걸리는 것이 없다 보니 버튼을 누르는 촉각 자극이 덜한 편이에요. 작동 과정에서 청각, 촉각적 느낌을 유발하는 요소가 적어서 스위치가 눌렸다는 피드백, 즉 구분감이 뚜렷하지 않습니다. (키보드의 구분감에 대해서는 갈축 스위치 이야기를 하면서 좀 더 해볼게요.) 이는 적축 키보드를 특색 없는 밋밋한 키보드라고 생각하게 만들어요. 심심한 타건감이 단점으로 꼽히거든요. 하지만 반대로 말하면 그것이 적축 키보드의 장점이기도 합니다.

멜론이 다른 과일처럼 새콤달콤하지는 않잖아요? 자극적인 맛보다 은근히 풍기는 달콤함과 향기를 즐기는 과일이죠. 시원하고 부드러운 멜론을 입속에서 살살 굴리면 깊이 있는 풍미가 느껴져요. 적축 키보드의 가벼움은 입력 과정을 물 흐르듯 연계시켜줘요. 각각의 스위치에서 자극이 오기보다 전체 작업에서의 유연함을 주거든요. 특히 긴 글을 작성할 때 작업의 연속성이 끊기지 않아요. 청축 키보드로 입력을 하는 것이 한 걸음, 한 걸음을 강하게 내딛는 것이라면 적축 키보드로 입력을 하는 것은 가벼운 조깅화를 신고 빠르고 간결하게 달리는 것이죠.

힘이 적게 들어서 유연하게 움직일 수 있기 때문에 문서 작성뿐만 아니라 게임을 하는 분들도 선호하는 키보드입니다. 게임 속에서 요구되는 입력을 빠르고 정확하게 해야 하기 때문이죠. 특히 찰나의 움직임이 승패를 결정하는 순간에 적축 키보드는 매우 유용합니다. 그래서 청축 키보드 이상으로 높은 판매량을 기록할 정도로 인기가 많습니다.

청축이 내는 소리에 비해 적축은 소리가 작아요. 사무실 등에서 기계식 키보드를 사용하시는 분들은 청축보다 적축 키보드를 씁니다만 키보드 바닥 부분을 슬라이더가 때리는 소리가 나기 때문에 완전히 조용하지는 않아요. 그래서 이를 보완하기 위해 만들어진 저소음 적축 키보드도 시중에 많이 나와 있습니다.

저소음 적축 키보드는 적축 스위치 안에 댐퍼라는 것이 달려 있어 소리를 약간 잡아줍니다. 위아래로 움직이는 슬라이더에 붙어 있는 댐퍼는 스위치가 눌릴 때 완충작용을 해서 스위치의 아래쪽을 때리는 소리를 감소시킵니다. 다만 소리를 완전히 없애는 것이 아니라 줄여주는 것이기 때문에 소음이 전혀 없진 않아요. 그러니 사무실이나 공공장소에서 사용하신다면 눈치를 잘 살펴셔야 합니다.

긴 글을 작성하며 도각도각 소리를 듣다 보면 상큼하고 경쾌한 바람이 불어옵니다. 강렬한 자극보다 통통 튀는 아기자기함을 원하신다면, 적축 키보드는 완벽한 선택입니다. 아가의 볼살처럼 부드러운 스위치를 두드리며 멜론의 촉촉한 과육을 베어 물어보세요!

부족한 것이 아니라 골고루 갖춘 갈축 키보드

부른 배를 만지며 누워 있으려니 문득 간식이 생각납니다. 삼
겹살을 신나게 뜯어서 자극적이거나 딱딱한 음식은 먹고 싶지 않
아요. 후식으로 먹은 멜론 때문인지 심심한 건 또 싫고요. 적당
한 거 없을까… 고민하다 식탁 위를 보니, 엄마가 사다놓은 호두
과자 한 봉지가 눈에 띕니다. 지체 없이 손을 뻗어봅시다. 하나를
집어 입에 넣고 씹어볼게요.

호두과자는 이름은 과자지만 안에 호두 살이 들어 있는 작은
빵에 가깝죠? 처음에는 부드럽게 어금니가 들어갑니다. 그러다
안쪽 호두 살에 이르면 씹는 느낌이 '오독' 하고 나요. 마냥 부드
럽기만 한 것이 아니라 호두가 식감의 포인트를 줍니다.

갈축 스위치는 호두과자 같은 느낌입니다. 청축이 딱딱하고 적
축이 부드럽다면, 갈축 스위치는 그 중간 어디쯤에 있습니다. 청
축에서 힘을 빼고 소리를 없앴다고도 할 수 있고 적축에 걸림을
추가했다고도 할 수 있어요.

갈축 키보드를 넌-클릭(Non-Click) 스위치, 혹은 텍타일
(Tactile) 스위치라고 합니다. 청축 키보드가 촉각과 청각의 피드
백이 확실하다고 말씀드렸죠? 청축에 클릭 소리를 뺐다는 의미
에서 넌-클릭이라 불러요. 텍타일이라 부르는 분들은 적축 키보

키보드 위에서 나를 확인한다

드에 촉각 피드백을 더했다는 의미에서 이렇게 불러요. 텍타일은 '촉각'을 의미하는 영어 단어거든요. 청축과 적축 사이의 느낌이 확 오시죠?

갈축 키보드를 쉽게 이해하기 위해서 구분감을 기준으로 말씀 드리는 것이 좋겠네요. 갈축 키보드를 선택하는 사람들은 보통 청축은 너무 부담스럽지만 구분감을 놓칠 수 없을 때 선택해요. 청축 키보드가 소리를 내기 위한 부속(클릭재킷)이 있다면, 갈축 에는 그것이 빠져 있거든요. 그래서 키보드로 무엇인가를 쓸 때, 딸깍거리는 소리가 나지 않아요. 게다가 각 스위치를 누를 때 필요한 필요 키압이 상대적으로 낮습니다. 그러니 힘이 필요한 청 축에 비해서 비교적 만만하겠죠? 호두과자 안에 호두가 껍질째 있어서 치아를 강타하며 깨지면 청축, 그것이 아니라 호두 속살 만 있어서 도독 하는 느낌만 나는 것이 갈축이 되겠네요.

적축 키보드를 기준으로 비교해볼게요. 멜론이 맛있긴 하지만 뭔가 씹는 맛이 없어요. 부드러운 식감도 물론 좋지만, 그게 과하 면 내가 씹고 있는 것인지 마시고 있는 것인지 헷갈리기도 하죠. 반면 호두과자는 안쪽에 오독한 호두 살이 있으니 씹는 맛이 추 가돼요. 부드러운 빵 부분을 씹다가 안쪽에 있는 호두 살이 주는 작은 피드백. 그것이 적축 키보드에는 없고 갈축 키보드에는 있 는 구분감이에요.

기계식 키보드는 사용하고 싶은데, 적당한 수준의 키압과 소리 피드백을 원한다면 무난한 갈축 키보드를 선택해요. 클릭재킷이 없기 때문에 딸깍거리는 피드백은 적지만, 갈축 특유의 달그락거리는 소리가 있어서 청각적으로도 적당한 만족감을 줘요. 한마디로 무난하고 적당한 키보드죠.

청축과 적축 키보드는 막상 써본 뒤 실망할 가능성이 있어요. 청축은 요란하고 적축은 심심하니까요. 워낙 특징이 극단적이다 보니 호불호도 뚜렷하죠. 하지만 갈축 키보드를 선택하면 취향을 많이 타지 않기 때문에 큰 실망은 하지 않아요. 이도 저도 아닌 성격이라고 할 수 있지만, 저는 만만하고 접근성이 좋은 호두과자를 종종 찾는답니다.

새로운 세상에 대해 신중하신 분들, 무엇 하나 놓치지 않고 다 즐기고 싶은 분들에게 추천합니다. 선택에 어려움이 있을 때, 일단 갈축을 선택하고 본인에게 더 매력적으로 느껴지는 특징을 따라가는 것도 좋은 방법입니다. 내 맛도 네 맛도 아니라 생각하시면 안 됩니다. 포용적인 마음으로 양 극단의 키보드를 조화롭게 빚어내 고소한 맛. 키보드계의 노릇노릇 한 호두과자, 갈축 키보드를 추천합니다.

키보드 위에서 나를 확인한다

그냥 주변에 늘 있다고 무시하면 섭섭하죠. 가장 익숙한 멤브레인 키보드

자, 여기까지 기계식 키보드를 대표하는 세 가지 축을 맛보았습니다. 하지만 키보드는 이것만 있는 것이 아니거든요. 키보드의 범주를 좀 더 넓혀서 여러분이 여태 써왔던 멤브레인 키보드, 펜타일 키보드를 찍어 먹어볼까요?

대충 차려 먹으려 냉장고를 열어봅니다. 그런데 이걸 어쩌죠…. 반찬으로 먹을 만한 것이 딱히 보이지 않습니다. 간단하게 해 먹을 만한 재료를 찾아 냉장고 구석구석을 살펴봅니다. 채소 칸 안에 어제 먹고 남은 팽이버섯이 있네요! 거창하게 먹기 귀찮은데 팽이버섯을 볶아서 반찬으로 먹어보겠습니다. 남는 채소가 있으면 같이 볶아도 무방하겠지만, 여의치 않으면 버섯만 대충 볶아도 훌륭한 밑반찬이 됩니다. 간장이나 굴소스만 살짝 치면 팽이버섯볶음은 반찬으로 가성비 최고죠.

저렴하면서 흔하게 구할 수 있고, 대중적이지만 질리지 않고 먹는 팽이버섯볶음은 여러분이 늘 사용하셨던 바로 그 키보드와 같습니다. 컴퓨터를 사면 으레 따라오고, 사무실에 가면 기본으로 책상 컴퓨터에 연결되어 있는 그 키보드요. 특별한 일이 없었다면 여러분이 어릴 때부터 사용했던 키보드가 바로 이 키보드일 거예요.

정확한 명칭은 멤브레인(Membrane) 키보드라고 해요. 전술한 기계식 키보드들과는 달리 멤브레인 키보드는 각 스위치를 따로 나누기보다, 하나의 판으로 생각하시면 이해가 빨라요. 일단 가장 아래 키보드 전체를 지탱하는 밑판이 있겠죠? 그 위에 회로가 그려져 있는 멤브레인이라는 얇은 판이 있어요. 이 위로 러버돔이라는 판이 올라가는데 단어 그대로 고무판이에요. 각 키마다 볼록하게 생긴 고무판이요. 그리고 우리 손가락이 닿는 키 캡이 위에 얹어집니다. 멤브레인이라는 뜻이 '막'을 뜻하거든요. 왜 이름이 멤브레인 키보드인지 감이 오시죠?

작동 원리는 이렇습니다. 우리가 키를 하나 누른다고 생각해볼게요. 그럼 키 캡 아래에 있는 러버돔이 눌리게 될 거예요. 꾹 눌린 러버돔은 또 그 아래 있는 멤브레인 판의 회로 점에 닿게 됩니다. 그러면 해당 키가 입력이 되는 방식인 거죠.

멤브레인 키보드의 키감을 비유하자면 팽이버섯볶음을 푸짐하게 집어 입안에 넣고 질겅질겅 씹는 상상을 해보면 됩니다. 안에 있는 러버돔의 탄성은 버튼을 작동시키는 느낌 보다 탱탱한 고무를 꼭꼭 누르는 느낌을 줍니다. 설명을 통해 이해하는 것보다 쉬운 방법이 있어요. 이 키보드의 키감은 여러분이 기억하는 바로 그 느낌입니다.

구조상 기계식 키보드에서 설명했던 청각적 피드백도 매우 작죠. 기계식 키보드는 각 스위치 안에 스프링을 포함한 걸쇠나 슬라이더 등, 소리를 내는 요소들이 많이 있어요. 심지어 소리를 내기 위해 들어간 부품도 존재하니까요. 멤브레인 키보드는 간단한 구조만큼이나 소리를 유발하는 요소가 적어요. 그래서 멤브레인 키보드가 심심하고 지루하게 느껴지기도 하죠. 그러다가 종국엔 저처럼 다른 종류의 키보드를 기웃거리게 되겠죠? 물론 최고 타수를 위한 분노의 타이핑은 어떤 키보드라도 소리를 유발한다는 사실도 기억하시고요.

구조가 쉽고 원리가 단순하기 때문에 제작 단가가 매우 낮아요. 반면에 내구성은 뛰어납니다. 널려 있는 것이 멤브레인 키보드인 데다가 구입하기도 매우 쉬운데 고장도 잘 나지 않으니 키보드를 바꿀 기회를 주지 않아요. 게다가 익숙하고 친숙한 키보드기 때문에 범용성으로는 이 이상의 키보드가 없어요.

완벽하게 같다고 할 수는 없겠지만 비슷한 방식의 키보드로 팬터그래프 키보드가 있습니다. 대체로 노트북에 많이 적용된 키보드이고요, 이런 형식의 키보드를 따로 만들어 판매하기도 합니다. 팬터그래프 키보드는 키 캡이 얇아요. 키 캡 아래에 X자 모양의 부품이 있어서 키 캡을 지지하죠. 키 캡에 입력을 하면 이 부

품의 탄성으로 눌러지는 거예요. 그 아래에 판과 접점의 메커니
즘은 멤브레인과 유사하고요.

키 캡이 눌리는 깊이가 얕고, 키 캡 자체도 얇기 때문에 노트북
에 들어가기 적합해요. 우리가 보통 쓰는 키보드가 노트북에 탑
재된다면 엄청 두꺼워지겠죠? 휴대성이 중요한 노트북이 가지고
다니기 부담스러워지면 안 되잖아요? 꼭 노트북이 아니더라도
휴대성을 강조하기 위해 키보드만 따로 팬터그래프 형식으로 만
들어지기도 합니다. 그뿐만 아니라 물리적으로 얇고 깔끔하기 때
문에 이 점이 장점으로 부각될 때도 있어요.

팬터그래프 키보드를 타이핑하면 섬세한 촉감과 소리를 느낄
수 있어요. 살짝만 눌러도 키가 끝까지 눌리다 보니 무엇인가를
작성할 때 키보드를 '누른다'기보다 '건드린다'는 느낌에 가깝죠.
그래서 가볍고 경쾌하게 사용할 수 있습니다. 키보드에서 나는
소리도 버튼이 눌리는 소리보다는 가볍게 '짤그락짤그락' 혹은
'따다다다' 하는 소리가 나요.

우리는 종종 익숙한 것이 가치가 낮다는 착각을 할 때가 있어
요. 게다가 붙어 있는 가격표의 숫자가 낮을수록 저질일 것이라
생각하기도 하죠. 하지만 익숙함은 가치와 기능의 검증을 의미합
니다. 저렴함은 범용성과 경험이 축적됐음을 의미하고요. 제 서

재에 있는 키보드 정리함에는 이색적인 키보드도 있고 고가의 키보드도 있지만, 저는 저렴하고 구하기 쉬운 멤브레인 키보드 역시 버리지 않고 꽂아두었습니다. 지금도 말랑한 타건감이 필요한 순간이 오면 주저 없이 선택해서 사용합니다. 여러분이 기억하고 어릴 때부터 써왔던 키보드로도 충분히 즐거운 타이핑이 가능하다는 사실을 잊지 마세요!

키보드 입문 완료. 그 다음은요?

여러 가지 키보드를 찍어 먹어봤습니다. 어떠셨나요? 사실 기계식 키보드를 깊게 살펴보면 우리가 본 키보드보다 훨씬 많습니다. 타건감의 디테일한 차이를 추가한 흑축, 녹축, 은축, 핑크축 등 엄청 다양해요. 레이저의 온, 오프를 활용한 광축 키보드라는 것도 있고요. 재질도 여러 가지이고, 그에 따라 키감과 울림이 또 다릅니다. 체리사라는 대표적인 회사가 있고, 그 외에도 키보드를 만드는 제조사가 한두 개가 아니거든요? 각 제조사가 만든 스위치마다 미세한 차이도 존재합니다. 그래서 기계식 키보드 마니아들은 스위치의 색뿐만 아니라 회사까지 가려가며 원하는 키보드를 찾습니다.

키보드 예찬을 했지만, 사실 진짜 중요한 것은 키보드 세계로의 입문 후입니다. 키보드는 결국 컴퓨터에 연결된 입력장치입니다. 손가락의 물리적인 움직임을 0과 1로 조합된 시그널로 번역해 모니터로 보여주는 것에 불과하죠. 그것이 글자든 게임 캐릭터의 움직임이든 결국 눌렀나 안 눌렀나를 구분하여 내가 입력한 그대로를 표현합니다. 이렇게 생각하면 키보드에 수십만 원을 쓰는 사람들이 바보처럼 느껴지죠?

그래봐야 키보드지만 이를 통해 만들어지는 결과는 단 하나도 같은 것이 없습니다. 제 서재에 있는 키보드가 지금 여러분이 읽고 계신 이 글을 썼습니다. 다른 곳에 있는 키보드는 불후의 걸작을 처음 만나고 있을지 몰라요. 중요한 업무 중이거나 슬픈 소식을 전달하기 위한 편지를 쓰는 중이기도 하겠죠. 가상세계에서 마법을 쓰고 건물을 올리고 있을지도 몰라요. 키보드의 존재 이유는 바로 이것입니다. 여러분의 이야기를 펼치고 표현하기 위해 존재하는 거예요. 당신의 책상 위에 있는 키보드, 제 책장에 있는 키보드, 곳곳의 일터에 있는 키보드 모두 그를 위한 수단입니다.

서두에 기계식 키보드로의 입문을 도와드린다고 했지만, 조금 더 욕심을 내자면 여러분이 무엇인가를 쓰고 싶다는 열망을 갖게 되었으면 해요. 키보드는 당신의 펼침에 살짝 추가되는 조리도구입니다. 냄비와 도마와 칼이 달라지면 평소에 똑같이 하던 요리

과정도 이색적이죠. 그렇다고 라면을 끓였는데 냄비가 달라졌다고 육개장이 되지는 않습니다. 어떤 음식재료를 어떻게 조리했는가가 가장 중요합니다. 여러분이 라면을 끓여도 좋고 5첩 반상을 차려도 좋습니다. 키보드를 누르는 재미 덕분에 한 줄의 글을 더 쓰게 됐다면 그것으로 충분합니다.

키보드의 세계로 입문하세요. 키보드를 눌러보세요. 맛있는 글을 써보세요. 글 속에 스스로를 담아보세요. 당신의 키보드가 전달하는 당신만의 이야기를 듣고 싶습니다.

우수상

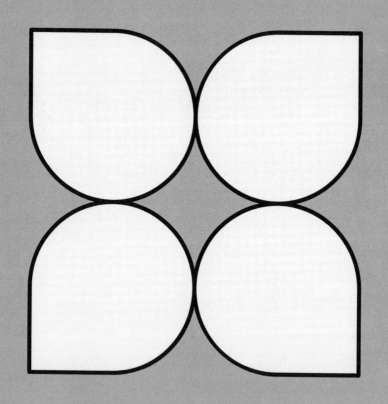

꽃 하나에 사계절을 담아

: 튤립 키우기

계절에는 냄새가 있다. 봄에는 봄 냄새, 여름에는 여름 냄새, 가을에는 가을 냄새, 겨울에는 겨울 냄새가 난다. 계절의 냄새에 대해 이야기하면 누군가는 공감하고, 누군가는 지나치게 감성적이라고 타박한다. 그러나 계절의 냄새라는 것이 마냥 허황된 것은 아니다. 계절마다 온도와 습도가 다르고, 그 계절에 피는 꽃과 풀이 달라지기 때문이다. 그래서 계절의 냄새를 맡는다는 것은 주변의 변화에 관심이 많다는 뜻이다. 내가 가장 좋아하는 꽃은 봄 냄새를 타고 온다. 건조한 풀 냄새와 연탄 타는 냄새가 나는 겨울이 간 후, 따뜻한 공기와 함께 싱그러운 풀 냄새가 나는 계절에 찾아온다. 그 싱그러운 향기에 자신을 가득 싣고서 말이다. 이 꽃

꽃 하나에 사계절을 담아

은 하루 종일 놀이기구를 타고 들뜬 어린아이 사진 속에서 본 적이 있을 것이다. 바로 튤립이다. 내가 처음 튤립을 좋아하게 된 것은 단순함 속의 화려함 때문이었다. 그러나 이렇게 글을 쓸 만큼 사랑하게 된 것은 튤립을 키우게 되면서였다.

튤립의 시작은 '작은 양파'로부터

튤립은 오랜 시간동안 누군가의 사랑과 축하를 전해왔다. 그러나 꽃집에서만 만나본 사람에게는 튤립이 '작은 양파'에서 시작한다는 사실이 생소할지도 모르겠다. 튤립은 마늘이나 양파같이 생긴 '구근'이라는 것에서 시작한다. 구근은 알뿌리라고도 부르는데, 꽃을 키우는 데 필요한 영양분을 담고 있는, 말하자면 식물의 본체 같은 것이다. 보통 튤립을 키우는 사람은 이 구근을 심어 꽃을 피우게 된다. 물론 튤립도 씨앗이 있긴 하다. 그러나 씨앗부터 키우면 꽃이 피는 데까지 적어도 3년에서 5년은 걸리기 때문에 보통 구근을 사서 심는다. 탁구공보다 조금 큰 물방울 모양의 이 흰 덩어리에서 뿌리도 내리고 싹도 튼다.

튤립을 키우기에 앞서 일단 이 구근에 대해 알 필요가 있다. 튤립 구근은 추위에 강하다. 겨울의 추위에 마당의 연못이 얼고, 심지어 구근이 심긴 흙이 얼어붙더라도 구근만큼은 멀쩡하다. 오히려 튤립에게 겨울의 추위는 필수 조건이다. 겨울에 0도 이하의 저온을 4주 이상 겪어야만 봄에 예쁜 꽃을 피우기 때문이다. 만물이 얼어붙는 겨울, 사람조차도 두꺼운 털옷을 꺼내 입는 이 계절이 튤립에게는 생명이 시작하는 계절이다. 튤립처럼 가을에 심는 추식 구근식물은 대개 추위를 겪어야 꽃이 피기 때문에 추위에 강하지만, 그렇다고 모두 그런 것은 아니다. 프리지아는 튤립과 비슷한 시기에 심는 추식 구근식물이지만 0도 이하에서는 구근이 얼어 죽게 된다. 추식 구근 중에서도 튤립은 유독 내한성이 강한 편이다.

대신 튤립 구근에게도 약점이 있다. 튤립 구근은 낮은 온도에 강한 대신 과한 습기에 약하다. 물을 많이 주면 잘 자랄 것 같지만, 튤립은 그렇지 않다. 물 주기를 특히 주의해야 하는 식물이다. 과습을 겪으면 썩은 양파처럼 구근이 물러지고 병충해에도 약해지기 때문이다. 빨리 발견하고 조치를 취하면 괜찮지만, 만약 구근이 죽을 때까지 발견하지 못했다면 그해에는 꽃을 보지 못하게 된다. 싹이 트지 않은 겨울에는 특히 신경을 써야 한다. 봄에는 잎을 통해 광합성을 하기 때문에 물이 비교적 금방 증발하게 되지만, 겨울에는 잎이 없어 광합성도 안 될뿐더러 일조량도 부족하여 흙이 마르는 속도가 더욱 더디다. 따라서 물을 주는 횟수와

꽃 하나에 사계절을 담아

양을 잘 조절하여 관리해줘야 한다.

튤립을 집에 들일 계획이라면 반드시 알아야 할 것이 있다. 튤립은 사람 눈엔 마냥 아름다운 식물이지만, 고양이나 개에게 치명적인 식물이다. 튤립에는 튤리팔린이라는 독성이 있는데, 사람은 튤립을 먹을 일이 없으니 큰 문제가 없다. 그러나 고양이나 개는 실수로 먹을 우려도 있고, 꽃가루가 묻은 털을 그루밍하거나 호흡을 통해 꽃가루를 흡입할 우려도 있다. 튤리팔린은 개나 고양이에게 식욕부진, 구토, 탈수 등을 동반한 급성 신부전증을 일으키며, 실제로 이러한 사고로 인해 사망한 사례도 적지 않다. 따라서 고양이나 개를 키우는 집이라면, 튤립을 반려동물과 분리된 곳에 두거나 아예 집에 들이지 않는 편이 좋다.

가을부터 봄까지 : 튤립 키우기

이제 본격적으로 튤립 키우는 방법에 대해 알아보자. 일단 튤립 구근을 준비해야 한다. 튤립을 키우기 위해서는 늦어도 겨울이 가기 전에는 구근을 준비해야 한다. 튤립 구근을 사기엔 9월 말부터 11월까지, 딱 가을이 적기이다. 너무 늦으면 인기 많은 튤립 품종은 모두 품절되기 때문에 이때 구입하는 것이 좋다. 튤립의 성장에 있어서도 가을에 심는 것이 정석적이다. 구근은 꽃 도매장이나 화원, 대형마트 등에서 구입할 수 있다. 다양한 품종을 저렴하게 구입하기에는 인터넷이 좋다. 구근의 크기는 너무 작지 않아야 하고, 탁구공 크기 정도 되는 것이 좋다. 품종마다 다르지만, 구근의 크기가 너무 작으면 꽃을 피우지 못하기 때문이다. 겉면에는 상처가 없이 깨끗한 것이 좋다. 상처가 있으면 금방 곰팡이가 생겨 관리하기가 힘들다.

구근은 갈색의 바삭한 껍질에 둘러싸여 있는데 껍질을 까주는 것이 좋다. 껍질을 까주지 않아도 자연의 섭리대로 알아서 잘 자라지만, 꽃을 피우는 성공 확률을 높이기 위한 하나의 방법이다. 간혹 껍질이 단단하고 두꺼우면 싹이 껍질을 뚫지 못하고 안쪽으로 자라기도 하고, 껍질에 갇혀 제대로 흙의 영양분을 받지 못할 수도 있다. 껍질을 깔 때는 구근에 상처가 생기지 않도록 조심해야 하고, 만약 잘 까지지 않는 부분이 있다면 억지로 까기보다는 그냥 두는 편이 좋다. 껍질을 깐 구근은 보통 과산화수소나 묽게 탄 락스에 소독을 해서 심는다. 곰팡이가 생기는 것을 예방하기 위함이다. 그러나 소독을 하더라도 충분히 곰팡이가 생길 수 있으므로 번거롭다면 생략해도 된다. 다만 처음부터 곰팡이가 난 부분이 있다면 소독된 칼로 도려내주는 작업이 필요하다. 또한 구근 옆에 달린 작은 구근은 '자구'라고 하는데, 크기가 작아 올

꽃 하나에 사계절을 담아

해 꽃을 피우지 못하고 영양분만 빼앗아 먹기 때문에 떼어주는 것이 좋다. 마지막으로, 구근을 만졌다면 반드시 손을 씻어야 한다. 구근 겉에는 눈에 보이지 않는 곰팡이 포자가 존재하고, 구근에 독성이 있기 때문이다. 평소에 피부가 예민하거나 알레르기가 있는 경우에는 처음부터 장갑을 끼고 작업하는 것이 좋다.

구근을 준비했다면 이제 심을 차례다. 말했듯이 튤립 구근은 가을에 심는 것이 적기이며, 늦어도 2월에는 심는 것이 좋다. 마당이 있다면 화단에 심으면 좋고, 그렇지 않다면 화분에 심어 베란다에서 키워도 괜찮다. 키우기에는 밖의 화단에서 키우는 것이 쉽다. 화단에 심을 때는 햇빛이 잘 들고 배수가 잘 되는 곳에, 구근의 3배 깊이로 심으면 된다. 화분에 심을 경우에는 최대한 깊고 넓은 화분이 좋지만, 여건이 안 된다면 한 뼘 정도 높이의 화분도 괜찮다. 뿌리 내릴 공간이 부족하긴 해도 꽃을 피우는 데 큰 문제는 없다. 화분의 경우 구근의 3배 깊이로 심을 공간이 안 되기 때문에 구근을 살짝 덮는 정도나 구근 크기만큼의 깊이로 심어도 괜찮다. 구근을 반 정도 흙 밖으로 보이게 심는 경우도 있는데, 구근에 곰팡이가 생기면 관리하기가 힘들고 미관상 좋지도 않기 때문에 살짝이라도 흙을 덮는 것을 추천한다. 식재 간격은 5~10cm를 추천한다. 그보다 밀식하면 꽃이 옹기종기 모여 자라서 감상하기에는 더 좋지만, 너무 가까이 심으면 구근을 살찌우는 것이 힘들 수 있다. 구근을 심을 때는 반드시 뾰족한 부분이 위로, 둥근 부분이 아래로 가도록 심어야 한다. 뿌리와 싹이 나오는 곳이 정해져 있기 때문이다.

구근을 심었다면 이제 겨울을 날 차례이다. 마당에 심은 구근은 크게 관리해줄 것이 없다. 그래서 신경 쓰지 않고 여유롭게 키우고 싶은 사람에게 제격이다. 구근을 심은 날 처음 물을 주고 그 이후엔 자연에 맡기면 된다. 비가 오면 비를 맞고, 눈이 오면 눈을 맞으며 필요한 영양분을 자연스럽게 축적하게 된다. 땅이 얼어도 걱정하지 않아도 된다. 우리나라의 추위 정도는 튤립 구근이 잘 견뎌낼 수 있다. 더욱이 포근한 흙 이불까지 덮었으니 괜찮다. 그러나 화분에 심었을 경우엔 조금 더 신경을 써줘야 한다. 일단 처음 심은 날은 마당과 마찬가지로 물을 줘야 한다. 그 이후에는 한 달에 한 번 정도 물을 주는 것이 좋다. 아예 물을 주지 않아도 구근 자체가 영양 덩어리이기 때문에 잘 자라지만 겨울부터 영양분 소모가 심할 수 있다. 그렇다고 물을 너무 많이 주면 과습의 위험이 있기 때문에 조금 건조한 듯하게 가끔 물을 주는 정도로 관리해주는 것이 가장 좋다. 화분에 심었을 경우엔 옮길 수 있기 때문에 겨울 동안은 그늘에서 키워도 괜찮다.

겨울 동안에는 싹이 아주 조금씩 자란다. 그러나 날이 따뜻해지는 3월이 되면 성장속도가 빨라지면서 본격적으로 잎이 자라

꽃 하나에 사계절을 담아

기 시작한다. 이때부터는 튤립 구근이 양파나 마늘의 누명을 벗게 된다. 잎이 자라기 시작하면 겉흙이 마를 때마다 물을 줘야 한다. 봄이 되면 바람도 선선하게 불고 햇빛도 따뜻해지기 때문에 겨울보다는 흙이 빨리 마른다. 더욱이 잎이 자라면 광합성을 해서 물이 더 잘 마르므로 물 주는 횟수가 늘어나게 된다. 흙을 조금 파봤을 때 1cm 정도 포슬포슬하게 말라 있다면, 겉흙이 마른 상태이므로 물을 주면 된다. 물 주기가 귀찮다고 물을 한 번에 많이 주는 것은 금물이다. 튤립에게도 폭식은 탈이 생기기 마련이다. 뭐든 적절할 때 적정한 양을 주는 것이 좋다.

3월부터 4월 사이가 되면 드디어 튤립이 예쁜 꽃을 보여준다. 이 꽃을 보기 위해 달려온 몇 달간의 시간을 생각하면 괜스레 뭉클하기까지 하다. 튤립은 언제나 기다린 보람을 느끼게 해준다. 단조로운 곡선의 잎과 형형색색의 꽃잎이 보여주는 하모니는 눈을 즐겁게 한다. 꽃잎이 얇은 튤립의 경우 햇빛에 비출 때의 투명함은 영롱하기까지 하다. 꽃잎이 두꺼운 튤립은 고운 비단을 만지는 듯 고급스러운 느낌을 준다. 튤립은 키우는 데 드는 시간에 비해 꽃이 피는 기간이 짧은 편이다. 보통 2주에서 3주 정도면 꽃이 시들고 만다. 꽃을 조금이라도 오래 즐기고 싶다면 그늘로 옮겨주는 것이 좋다. 이미 꽃을 피운 튤립은 햇빛이 없더라도 잘 자라며, 햇빛이 없는 그늘은 온도가 비교적 낮아 온도에 예민한 튤립이 더 오래 꽃을 피울 수 있도록 도와준다. 반대로, 튤립은 너무 고온에 노출되면 하루 만에라도 시들 수 있으니 주의해야 한다. 튤립은 25도 이상에서 구근이 휴면기에 들어가게 된다. 쉽게 말하자면 구근이 이제 일 안 하겠다고 파업하는 것이다.

여름을 건너 다시 가을로 : 구근 관리하기

만남이 있으면 헤어짐도 있는 법, 날이 더워지는 늦봄이 되면 튤립도 점차 헤어짐을 준비한다. 수려하던 꽃잎은 떨어지고 잎도 노랗게 시들어버린다. 그러나 꽃잎이 져버렸다고 끝난 것은 아니다. 이제 내년을 준비해야 한다. 구근이 흙 위의 일들을 모두 그만하고 다음 봄을 위해 몸을 살찌우려고 한다는 신호이기 때문이다. 이러한 구근 비대 기간을 잘 보내면 내년에도 예쁜 꽃을 볼 수 있다.

그런데 사실 한국의 기후에서 튤립 구근을 제대로 살찌우는 일은 어려운 일이다. 네덜란드는 튤립 구근의 주 수입지이자 튤립 축제가 유명한 나라다. 튤립 시장이 그만큼 활발한 나라다. 그런데 네덜란드와 달리 우리나라는 구근이 비대할 수 있는 기간이 짧다. 우리나라의 봄 기후는 선선한 날씨가 짧고 갑작스럽게 더

위가 찾아오기 때문이다. 튤립은 25도 이상에서 성장은 물론 구근 비대도 멈추는데, 우리나라에서는 구근 비대를 마치기 전에 구근이 휴식에 들어가버리는 것이다. 따라서 한국에서는 튤립을 소모성 구근으로 치고 매년 새로운 구근을 사는 것이 보통이다. 튤립 구근은 가격도 저렴하기 때문에 구근 비대에 드는 시간과 노력을 생각하면 오히려 매년 새로 구입하는 것이 합리적인지도 모른다. 그러나 생명의 탄생에서 그 전 과정을 즐기고 싶은 사람이라면 한번쯤 직접 구근을 살찌워 여름을 나고, 그해 가을에 심어보는 것도 나쁘지 않다.

구근 비대를 위한 첫 단계는 꽃을 자르는 것이다. 꽃잎이 시들거나 떨어지기 시작할 때, 그러니까 이제 꽃을 그만 봐도 되겠다 싶을 때 자르면 된다. 꽃이 시들면서 씨방이 맺히게 되는데 이를 그냥 두면 에너지가 구근이 아닌 씨방으로 몰리게 된다. 튤립이 구근이 아닌 씨를 만드는 것에 집중하게 되는 것이다. 그러나 앞서 말했듯 튤립은 씨앗부터 키우면 3~5년 정도는 걸리므로, 구근을 살찌우는 것이 효율적인 방법이다. 꽃을 자를 때는 최대한 줄기와 잎을 건드리지 않고 꽃만 자르는 것이 좋다. 광합성을 통해 구근이 에너지를 받기 때문이다. 그런 다음엔 햇빛이 잘 드는 양지에 두고 겉흙이 마를 때마다 주기적으로 물을 주면 된다. 이때 약간의 비료가 있으면 효과적이다. 비료는 고구마나 양파를 키울 때 쓰는 비료나, 뿌리를 굵게 만드는 데 쓰는 비료가 좋다. 비료의 종류를 잘 모른다면 영양분을 주는 아무런 비료를 주어도 상관은 없다. 다만 비료를 과다하게 줄 경우, 오히려 구근에 악영향을 줄 수 있으니 비료 설명서에 적힌 용량을 준수해야 한다.

이렇게 잎만 남은 튤립에 물을 주며 한 달여를 보내고 나면, 점차 잎이 노랗게 시들게 된다. 잎이 노랗게 시들면 물 주기를 그만해야 한다. 노랗게 변한 잎은 광합성을 할 수 없으므로, 물을 계속 주면 습기에 약한 구근이 썩어버리고 만다. 튤립 구근은 이제 흙 밖으로 나올 차례이다. 이때 보면 튤립 구근이 3~4쪽으로 갈라진 것을 볼 수 있을 것이다. 처음의 커다란 구근이 여러 개로 쪼개져 각각의 구근이 다시 새로운 하나가 되는 것이다. 이때 구근 비대가 잘 이루어지지 않은 구근은 크기가 너무 작아 다음 년도에 꽃을 피우지 못한다. 이렇게 마늘 같은 형상이 된 튤립은 잎과 줄기가 붙은 그대로 흙에서 꺼내 물로 씻어준 후, 그늘에서 말리면 된다. 1~2주가 지나면 잎과 줄기가 모두 바짝 말라 구근에서 자연스럽게 떨어지게 된다. 그러면 구근 수확은 마치게 되는 것이다. 구근은 습기를 빨아들일 수 있는 신문지에 싸서 보관하거나, 양파망같이 통기성이 좋은 그물망에 넣어 걸어두면 된다. 이때 햇빛이 아닌 그늘에 보관하는 것이 중요하다.

봄의 과제를 마친 구근에게는 이제 여름의 과제가 주어진다.

구근이 꽃눈을 분화시키는 데 겨울의 추위도 중요하지만, 여름의 더위도 필요하다. 따라서 여름 동안 구근이 더워서 죽지 않을까 하는 걱정은 하지 않아도 된다. 다만 주의해야 할 것은 무더운 직사광선을 피해야 한다는 것과, 장마철에 비를 맞거나 습도가 높은 곳에 장기간 보관하면 안 된다는 것이다. 이 시기에는 점차 구근이 갈색의 껍질을 만들어낸다. 처음 땅에서 캐냈을 때의 뽀얀 모습은 없어지고, 덥고 추운 계절을 날 수 있도록 보호복을 입게 된다.

여름까지 무사히 보낸 구근은 이제 다시 땅속으로 돌아갈 때이다. 가을이 되면 구근은 다시 흙에 심겨 꽃을 피울 준비를 한다. 수확해서 보관해놨던 구근을 이때 다시 심으면 된다. 봄, 여름을 지나 튤립은 다시 가을의 시작 앞에 서 있다. 올해도 과연 예쁜 꽃을 보여줄 것인지, 가을부터 봄까지의 여정을 지켜볼 차례이다.

흙 없이 튤립 키우기

지금까지는 튤립을 흙에 심는 방법이었다. 그런데 꼭 흙에만 심어야 하는 것은 아니다. 튤립은 물만으로도 키울 수 있다. 이러한 방법을 수경재배라고 한다. 수경재배는 준비물도 훨씬 간단해서 가드닝 재료가 없는 사람들에게 더없이 좋은 방법이다. 준비물은 튤립 구근과 구근을 담을 컵이나 병, 그리고 물만 있으면 된다. 토경재배에서는 구근의 껍질을 까고 소독하는 것이 권장 사항이었다면, 수경재배에서는 필수이다. 껍질을 까지 않으면 미관상 지저분해질 뿐만 아니라, 물이 쉽게 오염되어 튤립이 건강하게 자라는 것을 방해하게 된다. 또한 구근이 밖에 노출된 채로 키우는 것이기 때문에 되도록 가장 깨끗하고 예쁜 구근을 고르는 것이 좋다. 곰팡이나 상처가 난 구근을 선택하면 키우는 동안 손이 더 많이 가게 된다.

구근을 준비했다면 이제 물에 담을 차례이다. 그런데 물 안에 구근을 잠기게 해서는 안 된다. 그렇게 하면 구근이 썩을 수 있다. 물은 구근의 뿌리가 나오는 부분만 겨우 닿을 정도로 하고, 뿌리가 나오면 뿌리만 물에 닿도록 해줘야 한다. 그렇게 하기 위해선 구근이 바닥에 있는 것이 아니라 공중에 떠야 하는데, 구근의 크기에 맞는 구멍이 난 병이나 컵을 이용하면 된다. 주변에서 가장 쉽게 할 수 있는 방법은 아이스커피를 먹고 남은 일회용 플라스틱 컵을 활용하는 것이다. 둥근 뚜껑을 거꾸로 컵 안에 넣은 후, 빨대 구멍을 구근 크기에 맞게 조금 잘라주면 된다. 그리고 뚜껑 위에 껍질을 정리한 구근을 걸쳐두고, 컵에 물을 담아 햇빛 있는 곳에 두면 끝이다. 유리병에서 키울 경우, 유리병 입구가 구근 크기와 비슷한 것을 선택하거나 수경재배용으로 나온 유리병을 사용하면 된다. 만약 입구가 너무 큰 것밖에 없다면, 구근에 이쑤시개를 꽂아 다리를 만들어 준 후 입구에 걸쳐지도록 하는 방법도 있다.

수경재배는 흙과 달리 '물을 주는 것'이 아니라 '물을 가는 것'이다. 물은 자주 갈아주는 것이 좋지만, 매일 물을 갈기 어렵다면 주 2~3회만 갈아줘도 충분하다. 물은 되도록 찬물로 해야 튤립이 오래 신선한 꽃을 유지하도록 도움을 준다. 혹시 뿌리가 상하거나 물이 빨리 오염된다면 더 자주 갈아줘야 한다. 수경재배를 하는 동안은 물을 항상 깨끗하게 유지하는 것이 관건이다. 물에 비료는 타지 않는 것이 좋다. 이미 구근 자체가 영양 덩어리이기 때문에 오히려 비료로 혼탁해진 물이 식물의 성장을 방해하게 될 수도 있다. 어쩌면 가장 단순한, 그냥 깨끗한 물 한 컵이 가장 좋은 선택이다.

수경재배는 준비해야 할 재료가 간단하다는 장점이 있다. 그래서 가드닝을 처음 해보는 사람에게는 흙과 화분을 따로 구입하지 않아도 되어 부담을 덜어준다. 또한 흙에서 키우는 것보다 성장이 빨라서 저온처리만 마쳤다면 1~2월에도 꽃을 볼 수 있다. 구근부터 뿌리까지 모든 구조가 보이기 때문에 안에 생기는 문제들을 빨리 발견하여 조치할 수 있고, 아이들의 생물 관찰 공부에도 유용하다. 또한 수경재배로 키우면 과습 피해가 없다. 물에 담겨 있어 보통 과습에 더 약할 것이라 생각하지만 그렇지 않다. 오히려 필요한 만큼의 물만 흡수하여 과습 피해는 나타나지 않는다.

그러나 수경재배로 키운 튤립 구근은 에너지 소모가 많아 다음 해에 꽃을 피울 만큼 구근이 성장하지 못한다. 구근에 곰팡이가 생기거나 뿌리가 상할 경우엔 겉으로 보이기 때문에 오히려 손이 더 많이 간다. 흙 안에 있으면 크게 문제가 되지 않을 정도인데, 물에 담겨 있으면 더 빨리 상하기 때문이다. 또한 수경재배 특성상 실내에서 키우게 되는데, 방 온도가 25도 이상으로 너무 높을 경우 튤립이 정상적으로 성장하지 못하고 꽃이 져버리므로 주의해야 한다. 수경재배로 키울 것인지, 토경재배로 키울 것인지는 여건에 맞춰 선택하면 된다. 어떠한 방법으로 키우든 튤립은 자신의 아름다움을 한껏 내뽐으며 성장할 것이다.

튤립을 처음 키우는 당신을 위한 Q&A

아무래도 튤립과 같은 구근식물은 씨앗을 심는 것과는 조금 다르다. 그냥 아무렇게나 심고 물만 줘도 자라는 식물이 있는가

하면, 튤립처럼 공부가 필요한 식물도 있다. 그래서 튤립을 처음 키우면 많은 문제에 부딪히게 되는데, 초보 가드너가 궁금해할 만한 이야기들을 정리해보았다. 내가 처음 튤립을 키울 때 부딪혔던 문제이기도 하다. 튤립 키우기는 인터넷에 많이 나오지만, 막상 문제가 생겨 검색해보면 해답을 찾기 어렵다. 따라서 미리 알아두면 좋은, 튤립을 키우면서 겪을 법한 8가지 이야기를 해보려고 한다.

첫 번째, 구근에 곰팡이가 피었다면 어떻게 해야 할까?

구근과 곰팡이는 서로 뗄 수 없는 존재이다. 뭐든 완벽하려면 어려운 법. 조금의 곰팡이 정도는 괜찮다. 작은 상처에도, 한순간의 과습에도 곰팡이가 쉽게 생긴다. 그러니 심기 전에 발견한 곰팡이면 소독한 칼로 도려내주고, 이미 심은 후에 발견한 것이라면 그냥 흙 속에 묻어둬도 괜찮다. 칼 소독은 약국에서 파는 소독용 에탄올을 사용하거나 뜨거운 불로 달궈주면 된다. 구근이 조금 도려내지더라도 꽃은 잘 핀다. 그만큼 영양분을 잃은 것이지만, 조금을 잃었다고 전부를 포기하는 것이 얼마나 어리석은지 튤립은 알고 있다. 다만 너무 구근 안쪽까지 잘라버리면 꽃눈이 훼손될 수 있으니 조심해야 한다. 또한 이미 심은 후인데 구근에 곰팡이가 너무 심하다면 조치를 해주는 것이 좋다. 겉껍질에 한가득 곰팡이가 있는 것은 괜찮지만, 어느 한 부분에 깊게 곰팡이가 있다면 흙을 약간 거둬내고 곰팡이가 심한 부분을 도려내야 한다. 만약 뿌리가 나는 부분이나 구근 안쪽 깊숙이까지 곰팡이가 있다면 포기하는 것이 낫다. 뿌리도, 잎도, 꽃도 나기 힘들 것이다.

두 번째, 튤립을 심은 흙이 얼었는데 괜찮은 걸까?

물기가 섞인 흙은 0도만 되어도 금방 얼어버린다. 이럴 때 흙속의 구근이 걱정되겠지만, 구근은 무사히 잘 지내고 있으니 걱정하지 않아도 된다. 말했듯이 튤립 구근은 내한성이 좋기 때문에 땅이 얼더라도 구근에 큰 피해는 없다. 다만 노지가 아닌 화분에서 극한의 영하를 맞게 되면 뿌리가 얼 수 있다. 아무리 추위에 강한 사람이라도 내복 하나만 입고 나가면 춥듯이, 추위에 강한 튤립일지라도 얇은 화분과 그만큼 얇게 덮인 흙에서는 몸이 상할 수밖에 없다. 튤립 구근은 화분에 심은 경우에는 조금 더 신경을 써서 영하 10도 밑으로는 내려가지 않도록 해주는 것이 좋다. 뿌리가 상하면 겨우내 꽃을 만들기 위해 기반을 다졌던 것이 위태로워지기 때문이다. 노지에서는 영하 40도까지 버틴다고 한다. 다만 추운 지역일수록 깊게 심어야 뿌리가 상하는 것을 예방할 수 있다.

세 번째, 싹이나 잎이 붉게 자라는데 문제가 있는 걸까?

싹이나 잎이 한 뼘도 안 되게 작을 때 나타나는 현상이며, 자라

꽃 하나에 사계절을 담아

면서 자연스럽게 없어진다. 이러한 현상은 흙 속에 있을 때는 연두색이었다가 햇빛을 받으면서 나타나게 된다. 그래서 흙을 파보면 안에는 연두색이고 흙 밖에 노출된 부분은 붉은색인 것을 관찰할 수 있다. 그러나 문제가 있는 것은 아니니, 더 자라서 색이 돌아올 때까지 기다리면 된다. 이러한 현상은 꽃잎이 분홍색, 빨간색, 주황색 등 붉은색 계열인 튤립 품종에서 많이 나타난다. 혹시 햇빛 때문이라고 해서 그늘로 옮길 필요는 없다. 더욱이 이 시기에 튤립에겐 햇빛이 매우 필요하기 때문에 그늘로 옮기는 것이 오히려 성장을 방해하는 행동이 될 수 있다. 걱정하지 말고 맘껏 햇빛을 받도록 놔둬도 된다.

네 번째, 꽃잎이 원래 알던 모양과 다르게 활짝 벌어져 있는데 왜 그런 걸까?

튤립은 온도에 따라 벌어졌다가 오므라들기를 반복하는 꽃이다. 우리에게 익숙한 모습은 오므라들었을 때의 꽃봉오리 상태이다. 꽃집에서 튤립을 살 때는 이 꽃봉오리 상태를 사는 것인데, 유통하기에 좋은 시기이기 때문이다. 모든 꽃이 따뜻하면 빨리 피지만, 튤립은 특히 온도에 예민한 꽃이다. 그래서 온도가 조금만 올라가도 쉽게 꽃잎이 벌어질 수 있다. 대신 밤이 되어 선선해지면 꽃이 다시 오므라들게 된다. 이렇게 벌어지고 오므라들고를 반복하다가 어느 순간 꽃잎이 오므라들지 않는다면, 꽃이 곧 시들려고 하는 것이다.

다섯 번째, 꽃봉오리가 생기지 않고 잎만 무성하게 자라는데 왜 그럴까?

구근의 크기가 너무 작으면 꽃이 피지 않는다. 이럴 경우 구근 크기에 맞는 작은 잎만 생긴다. 이 구근은 다음 해를 기약하며 잎으로 열심히 광합성을 할 뿐, 꽃은 보여주지 않는다. 품종마다 꽃이 피는 최소 크기가 다르지만, 보통 탁구공만큼의 크기여야 한다. 일부 품종은 500원 크기만 한 작은 구근에서도 꽃이 피기는 하지만, 대부분의 품종은 잎만 자라게 된다. 또 다른 원인으로는 햇빛 부족이 있다. 자라는 동안에 햇빛을 충분히 받지 못한다면 꽃봉오리가 안 생기기도 한다. 이런 경우 구근의 크기가 충족되어도 잎만 무성한 튤립으로 자랄 수 있다. 만약 위의 두 가지에 모두 해당되지 않는다면, 겨울에 저온을 겪지 못해 꽃눈이 분화하지 못한 것이다. 그렇지만 꽃봉오리가 생기지 않은 구근도 내년에는 꽃이 필 수도 있으니 너무 쉽게 포기할 필요는 없다.

여섯 번째, 줄기가 너무 길게 자라는데 어떻게 해야 할까?

햇빛이 부족해서 줄기만 길게 자라는 것을 '웃자란다'고 한다. 보통 햇빛이 부족한 실내에서 키우는 튤립에서 많이 생기는 문제이다. 줄기가 긴 튤립은 미관상 보기 안 좋고, 꽃의 무게를 버티지 못하고 쓰러질 우려도 있다. 이러한 것이 걱정된다면 튤립을

꽃 하나에 사계절을 담아

햇빛이 있는 곳으로 옮겨주면 된다. 키가 다시 줄어들진 못하지만, 더 길어지는 것을 방지할 수는 있다. 또한 튤립 품종 특성상 원래 키가 큰 것일 수도 있다. 튤립 품종은 워낙 다양해서 꽃 모양부터 키, 색깔, 향기가 모두 다른데 유독 키가 큰 품종이 있다. 그런 경우 햇빛에서 키우더라도 줄기가 길게 자랄 수 있다.

일곱 번째, 아직 줄기가 다 나오지 않았는데 꽃이 피려고 하는 건 괜찮을까?

줄기가 완전히 올라오기도 전에 잎 사이에서 꾸역꾸역 꽃을 피우는 경우가 있다. 꽃이 빨리 피는 것 같아 좋아할 수도 있지만, 대개 좋은 일은 아니다. 왜냐하면 잎 사이에 가려져 꽃이 잘 안 보이게 되기 때문이다. 제대로 자란 꽃은 줄기가 먼저 자라고 꽃봉오리에서 점차 꽃이 피게 된다. 그런데 줄기가 자라기 전에 핀 꽃은, 줄기가 다 자라고 난 후에는 꽃이 지기 시작해서 제대로 꽃구경을 할 수가 없다. 이럴 경우엔 햇빛이 부족하면 웃자라는 것을 이용해서 그늘에서 기르면 된다. 이런 튤립에게는 약간 웃자라는 게 다른 튤립과 비슷한 성장일 수도 있다. 튤립이 자랄 때 잎 사이를 보면 연두색 꽃봉오리가 있는 것을 볼 수 있는데, 이것이 연두색이 아니라 꽃잎 색으로 물든 상태라면 꽃이 너무 일찍 피고 있는 것이므로 조치를 취해야 한다는 신호이다. 이러한 현상은 화분에 키울 때만 나타나므로, 여건이 된다면 야외 화단에서 키우는 것도 좋은 방법이다.

여덟 번째, 잎이 노랗게 되는 이유는 뭘까?

꽃이 진 후에 잎이 노래지는 것이라면 정상적인 현상이다. 다음 봄을 준비하는 과정일 뿐이다. 그러나 아직 꽃이 피는 중이거나 꽃이 피기 전인데 잎이 노랗게 된다면 문제가 있다. 대표적인 원인은 온도이다. 튤립이 느끼기에 고온에 접어들어 튤립이 휴면기로 착각하고 올해를 마무리 짓는다. 이런 경우 꽃도 함께 지게된다. 잎이 노랗게 되는 징조가 있다면 재빨리 서늘한 그늘로 옮기거나, 화분이나 흙에 직사광선이 내리쬐지 않도록 해줘야 한다. 온도 문제가 아니라면 구근 자체가 썩은 것일 수도 있다. 더이상 구근이 생물의 역할을 하지 못하게 되어 죽게 되는 신호로 잎이 노래지는 것이다. 둘 중 어떤 경우이든 꽃이 피기 전이나 피는 중에 잎이 노랗게 변하는 것은 좋은 신호가 아니니 조심해야한다.

막상 알고 나면 간단한 문제인 경우가 많지만, 알지 못하면 당황스러운 일이 많다. 튤립을 키우면서 흔히 겪게 되는 문제이니 알아두면 좋다. 튤립은 키우는 사람이 들인 노력과 정성에 보답하여 반드시 아름다운 꽃을 보여줄 것이다.

꽃 하나에 사계절을 담아

끝으로, 튤립을 사랑하며

튤립의 아름다움을 알게 되면 누군가와 함께 나누고 싶어진다. 직접 키운 튤립도 좋고, 직접 꽃집에서 고른 것도 좋다. 사랑하는 누군가에게 선물을 하려는 사람이 있다면 난 언제나 튤립을 추천한다. 결혼식, 기념일, 졸업식, 어느 상황에서도 잘 어울리고, 꽃을 받는 상대가 누구든 잘 어울리는 꽃이다. 또한 튤립은 장미만큼이나 품종이 다양하고 그만큼 색도 다양한 꽃이다. '없는 색 빼고 다 있다'는 말이 가장 적절한 꽃인지도 모른다. 가장 흔하게는 흰색, 빨간색, 분홍색, 노란색, 주황색이 있고, 심지어는 보라색, 파란색, 연두색, 검은색도 있다. 한 가지 색이 아닌 다양한 색이 섞인 품종도 많다. 빨간색과 흰색, 분홍색과 노란색, 흰색과 파란색 등 아름다운 조화의 색이 만연하는 꽃이다.

꽃 선물에 꽃말을 신경 쓰지 않을 수는 없다. 튤립 색이 워낙 다양해서 꽃말을 정확히 붙일 수 없는 경우도 많지만, 보통 사랑하는 사람에게 선물할 때는 빨간색, 분홍색, 주황색을 추천한다. 빨간색 튤립은 사랑의 고백, 영원한 사랑이라는 뜻이며, 분홍색 튤립은 사랑의 시작이라는 뜻이 있다. 또한 주황색 튤립은 매력적인 사람이라는 뜻을 지니고 있다. 반면 흰색이나 노란색 튤립은 추천하지 않는다. 많은 사랑을 받고 있는 색이기는 하지만, 노란색 튤립은 이루어질 수 없는 사랑, 흰색 튤립은 실연을 뜻하기 때문이다.

꽃말은 상관없고 특별한 선물을 원한다면 파란색, 연두색, 검은색과 같은 특이한 색을 추천한다. 그러나 이러한 품종은 절화로 잘 나오지 않아 구근을 구입하여 키워야 한다. 특이한 색이 아니더라도 꽃을 직접 키워 선물하는 것은 꽃의 특별함을 더해준다. 가을부터 키워 직접 피운 꽃을 선물하는 것만큼 낭만적인 것은 없을 것이다. 계절이 몇 번 바뀌는 동안 이 꽃을 받고 기뻐할 누군가를 생각했다는 뜻이기 때문이다.

만약 튤립에 담긴 사계절을 선물하고 싶다면, 꽃보다 구근을 선물하는 것도 좋은 방법이다. 구근을 처음 키우는 사람에겐 복잡한 것 같지만, 구근식물 중에서도 튤립은 난이도가 낮은 편에 속한다. 더욱이 겉만 보고는 어떤 색과 모양의 튤립인지 알 수가 없기 때문에 재밌기도 하다. 튤립을 키우며 느낀 사소한 기쁨과 고민들은 꽃이 피는 순간 마음속에 불꽃을 일으킨다. 이러한 설렘을 함께 나누고 싶다면, 가을에 구근을 사서 그 사람과 함께 키워보는 것도 좋을 듯하다.

튤립은 봄을 대표하는 꽃이지만, 그 안에는 봄, 여름, 가을, 겨울, 사계절을 담고 있다. 씨앗만 뿌리면 그해에 바로 볼 수 있는 꽃도 많지만, 튤립은 그렇지 않다. 매서운 추위와 혹독한 더위를 견뎌내야만 아름다운 꽃을 피운다. 인생은 튤립 키우기와 같다. 쉽고 간단하면 좋겠지만 막상 해보면 그렇지만은 않으니 말이다. 내가 겪고 싶지 않은 추위를 겪어야 할 수도 있고, 생각지도 못하게 더운 여름을 맞이할 수도 있다. 그러나 튤립 구근이 땅이 어는 흙 속에서도, 찌는 듯한 열기에서도 견고하게 존재했듯이, 우리도 그런지도 모른다. 인생이 밑바닥 치는 것 같다고 느낄 때 튤립을 처음 키웠다. 처음엔 튤립이 그저 예뻐서 좋아했다면, 튤립을 키우면서 가을부터 겨울, 봄을 지켜보니 튤립이 가진 아름다움은 겉에만 존재하는 것이 아니라는 것을 알았다. 문득 내가 튤립 같다는 생각도 했다. 우리의 인생이 고달플 때, 우리가 튤립인 것처럼, 그저 시간 가는대로 묵묵히 견디다 보면 언젠가 아름다운 꽃을 피우게 될 것이다. 그 누구도 따라올 수 없는, 한 계절을 대표하는 아름다운 꽃을 말이다.

우수상

오늘도 다이어리 테라피

다이어리의 계절이 돌아왔다

끝날 것 같지 않던 여름이 한풀 꺾이고 아침저녁으로 선선한 바람이 불어오자 가슴이 쿵덕거린다. 드디어 가을이구나! 가을은 추수의 계절이고, 독서의 계절이고, 뭐 이런저런 좋은 것들의 계절이지만 나 같은 다이어리 중독자들에게는 '새 다이어리가 나오기 시작하는 계절'이기도 하다. 행복한 고민이 시작된다. 내년엔 어떤 다이어리를 써볼까. 수시로 다이어리 신제품을 체크하며 단하나의 완벽한 다이어리를 고르기 위해 고민하는 시간이 어찌나 설레는지 머지않아 한 살을 더 먹게 된다는 가혹한 현실도 종종

오늘도 다이어리 테라피

잊는다.

참새가 방앗간에 들르듯 문구 쇼핑몰을 드나들며 신상 다이어
리를 구경하다 보면 도저히 새해가 시작될 때까지 기다릴 수 없
다. 하루라도 빨리 새 다이어리를 영접하고 싶다. 가을이 시작됨
과 동시에 내년도 다이어리가 쏟아져 나오는 걸 보면 다이어리
업계에서도 이런 마음을 잘 알고 있는 게 분명하다. (이 글을 쓰고
있는 지금은 고작 9월인데, 내가 자주 가는 문구 쇼핑몰에는 2022년 다
이어리가 이미 30개나 출시되어 있다.)

새 다이어리를 향한 마음이 불타오르기 시작하면 그때까지 애
지중지 쓰던 다이어리가 좀 시들하게 느껴진다. 헤어질 때가 된
것이다. 다이어리 회사들은 대부분의 다이어리에 전년도 12월을
포함시킴으로써 다이어리 덕후들이 조금이라도 빨리 새 다이어
리로 갈아탈 수 있도록 도와준다. 가끔은 11월부터 시작해서 14
개월 동안, 심지어 10월부터 시작해서 무려 15개월 동안 사용할
수 있게 구성된 다이어리도 보인다. 10월부터 시작하는 다이어
리를 처음 발견했을 때에는 눈이 번쩍 뜨이는 것 같았지만 아무
리 생각해도 10월부터 새해라고 우기기에는 좀 이른 감이 있어
사지 않았다. 하지만 남들보다 한 달 먼저 시작하는 새해는 언제
든 환영이다. 그래서 나는 12월이 되기 전에 새 다이어리를 산다.
그리고 흥청망청 보내버리고 싶은 한 해의 마지막 달을 새 다이

어리와 함께 새 출발을 하는 마음으로 보낸다.

새 다이어리를 산다고 모든 게 새로워지지는 않을 거라는 걸 잘 알면서도 나는 또 설렌다. 이번엔 진짜 달라질지도 모르니까. 여태까지 나는 아침 일곱 시 알람에도 비몽사몽 헤매는 인간이었지만 내일부터는 새벽 다섯 시에 일어나 미라클 모닝을 실천할 수 있을지도 모른다. 어제의 나는 남편과 코딱지만 한 일로 다투었지만 내일은 다정한 부부가 될 수 있을지도 모른다. 올해는 코로나 때문에 집에만 처박혀서 갑갑하게 살았지만 내년에는 모든 게 좋아져서 길게 여행을 다녀올 수 있을지도 모른다. 이런 기대와 희망과 다짐들 덕분에 우리는 내일을 살아갈 수 있는 힘을 얻는 게 아닐까. 다이어리는 이렇게 내일을 기다리는 마음을 담아내기에 가장 적당한 물건이다.

지피지기면 백전백승, 다이어리 고르는 법

모든 물건이 다 그렇겠지만 다이어리를 고를 때는 특히 신중해야 한다. 한번 사면 1년을 써야 하므로 까다롭게 따지고 재면서 골라야 한다. 마음에 안 드는 다이어리를 매일 쓰는 건 생각보다 무척 고역스러운 일이기 때문이다.

다이어리를 선택할 때 가장 중요한 건 다이어리의 디자인이나 가격이 아니다. 다이어리를 잘 고르려면 일단 내가 어떤 사람인지 알아야 한다. 고작 일기나 끄적거릴 공책 하나 사는데 뭐 그렇게 거창한 소리를 하나 싶겠지만 진짜다. 내 몸의 장점과 단점을 정확히 알아야 어울리는 옷을 고를 수 있듯이 나의 취향을 정확히 알아야 잘 맞는 다이어리를 고를 수가 있다. 유명하다고, 예쁘다고, 세일을 한다고 생각 없이 사들이면 꼭 후회하게 된다. 나에게 맞는 다이어리는 따로 있다.

그동안 실패를 거듭하면서 깨달은 몇 가지를 정리해보자면 이렇다. 일단 손으로 뭔가를 쓰는 걸 좋아하지 않는 사람은 다이어리를 사지 않는 게 낫다. 사놓으면 뭐라도 적지 않을까, 생각할지도 모르지만 그런 일은 거의 일어나지 않는다. 다이어리는 가만히 있으면 불안해서 냅킨에라도 뭘 끄적거려야 하는 사람들에게 최적화된 물건이다. 텅 비어 있는 수백 페이지를 채우는 건 결코 쉬운 일이 아니다. 기록하는 삶을 살고 싶다거나, 이제부터라도 뭘 제대로 해보겠다는 마음으로 다이어리를 샀다가 여기에 뭘 써야 하나 스트레스만 잔뜩 받을 거라면 사지 않는 게 낫다. 스마트한 세상에는 다이어리를 대신할 수 있는 프로그램과 앱들이 넘쳐난다. 일정은 스마트폰 캘린더에 기록하고, 해야 할 일은 투두리스트 앱을 사용하면 된다. 쓰지도 않을 다이어리를 사는 일은 개

인적으로는 돈의 낭비이며, 지구적으로는 나무의 낭비이다.

끄적거리는 일에 소질이 있다면 이번에는 본인의 삶에서 무엇을 기록하고 싶은지 고민할 차례이다. 나는 남들에게 말하기는 사소하지만 나에게는 너무나도 중요한 온갖 것들을 다이어리에 적는다. 그러니까 다이어리는 나에게 아주 사적인 공간이다. 하지만 나와 달리 할 일을 정리하거나 일정을 체계적으로 관리하고 싶은 거라면 다이어리보다는 플래너를 쓰는 게 낫다. '아침 7시에 수영, 10시에 회의, 12시에 업체와 점심식사' 등의 내용을 적어놓고, 본인이 한 일에 줄을 쫙 긋는 데서 희열을 느끼는 사람에게는 플래너가 딱이다. 다이어리는 나처럼 '살이 죽어도 안 빠진다. 그런데 뭐가 또 먹고 싶다…' 하면서 주절주절 적어대는 걸 좋아하는 사람에게 더 잘 어울린다.

여기까지의 관문을 다 통과한 사람은 다이어리를 사도 좋다. 하지만 다이어리를 고르기 전에 살펴볼 게 아직도 남았다. 바로 평소 자신의 옷차림과 자주 들고 다니는 가방이다. 다이어리라는 게 늘 지니고 다니지 않으면 기억의 뒤편으로 사라지는 데 1등인 물건이므로 다이어리를 가지고 다닐 가방은 생각보다 중요하다. 한때 나는 미니 핸드백을 즐겨 멨는데, 앙증맞은 핸드백에는 다이어리가 들어가지 않았으므로 외출할 때마다 핸드백과 다이어리 사이에서 고민을 해야 했다. 그래서 그 다음 해에는 손바닥만

오늘도 다이어리 테라피

큼 작은 다이어리를 샀는데 그 작은 다이어리에는 당연히 쓸 공간이 매우 적었으므로 그게 또 불만이었다. 그래서 그 다음 해에는 원 없이 써보겠다며 A4 크기의 다이어리를 샀더니 내가 가진 가방 중에 A4 크기의 물건이 들어가는 건 책가방뿐이고, 그래서 다이어리를 들고 나가려면 원피스에 책가방을 메야 하고, 그러면 안 그래도 패션감각이 없는데 더 패션테러리스트가 되지는 않을까 하는 우려에 매일 다이어리를 두고 돌아다니다가 결국 허무하게 다이어리와 헤어지고 말았다.

그러므로 본인의 쓰기 욕망을 충분히 채울 수 있으면서도 주로 사용하는 가방에 들어갈 수 있는 정도의 크기를 잘 찾아야 한다. 나는 수년간 방황과 실패를 거듭하며 가장 좋아하는 크기를 찾았는데 보통 다이어리 업계에서 L(라지) 사이즈로 표시되는 130×210 정도이다. 이 정도면 내가 쏟아내고 싶은 희로애락을 어느 정도 담아낼 수 있으면서도 자주 들고 다니는 가방에도 무리 없이 넣을 수 있다.

다이어리의 크기까지 결정했다면 이제는 본격적으로 다이어리를 꼼꼼히 살펴볼 시간이다. 여기서부터는 정말 취향의 전쟁이다. 누구의 취향이 좋고, 나쁘고는 없다. 그저 나의 취향을 제대로 아는 게 중요하다. 종이의 두께와 색상, 글씨체의 모양과 크기, 먼슬리와 위클리의 구성, 가름끈의 유무 등 사소해 보이는 모든 것들이 단 하나의 완벽한 다이어리를 고르기 위해 중요한 기준이 된다.

헤밍웨이를 비롯해 수많은 아티스트들이 즐겨 썼다는 몰스킨 다이어리가 나한테 한 방에 탈락한 이유는 종이가 너무 얇기 때문이었다. 나는 펜으로 꾹꾹 눌러써도 비치지 않는 도톰한 종이가 좋다. 그리고 앞에서도 말했듯이 자질구레한 감정을 쏟아내는 걸 즐기기 때문에 하루에 할당된 공간이 넉넉해야 한다. 여행 계획이나 약속 같은 것을 적어둘 널찍한 월간달력도 꼭 있어야 하고, 먼 훗날의 계획을 미리 적어두는 걸 좋아하므로 1년 열두 달이 통째로 들어 있어야 한다. 수시로 떠오르는 오만 가지 생각들을 적을 수 있는 무지노트도 필수다. 이 모든 조건을 만족시키는 다이어리는 당연히 몹시 묵직하다. 나의 욕망을 다 반영한 다이어리를 들고 다니는 대가로 나는 늘 묵직한 가방을 이고 지고 다녀야 한다.

하지만 나와 정반대의 취향을 가진 사람들도 많다. 무조건 가벼운 다이어리를 선호하는 사람들은 얇은 종이를 좋아한다. 반년에 한 번, 혹은 3개월에 한 번씩 바꿔 쓸 수 있도록 분권된 구성도 좋다고 한다. 그렇게 얇은 다이어리는 금세 다 채울 수 있어서 성취감도 느껴진단다. 하지만 그 성취감이 아무리 높다 해도 나는 별로일 게 분명하다. 그게 이십 년 동안 다이어리를 쓰면서 만

오늘도 다이어리 테라피

들어진 나의 취향이다.

다이어리 하나 고르는 데 뭘 그렇게 까다롭냐고 할 수도 있겠지만, 아무 다이어리에나 만족할 수 있는 분들은 그냥 연말에 어딘가에서 주는 다이어리를 쓰시면 된다. 요즘은 회사에서 주는 다이어리들도 좋은 게 많다. 하지만 나는 남편이 프리퀀시를 미친 듯이 모아 구해준 스타벅스 다이어리를 열었다가 몹시 실망하고(종이가 너무 얇았다!) 결국 내 돈 주고 다시 다이어리를 사서 쓴 여자다. 신랑감을 고를 때도 이렇게 신중하게 골랐어야 했는데. 소개팅으로 만난 남자와 아홉 달 만에 결혼한 주제에 다이어리는 세상 까다롭게 고른다. 하지만 사람 인연이야 어차피 내 맘대로 안 되는 거고, 내 맘대로 고를 수 있는 다이어리라도 잘 골라야 하지 않겠나. 그래야 한 해 동안 또 잘 쓸 테니 말이다.

1월 이후에도 다이어리를 쓸 수 있는 비법

새 다이어리를 사면서 '올해는 꼭 다이어리를 잘 쓰겠다!'고 다짐했던 사람들 중에 끝까지 쓰는 사람이 몇이나 될까. 그리 많지는 않을 것 같다. 내가 다이어리 쓰는 걸 좋아한다고 말했을 때 "나도 다이어리 쓰는 거 좋아하는데."라고 말한 사람은 거의 없었지만 "어우, 그걸 어떻게 쓰냐. 나는 맨날 1월만 쓰다가 말아서 이제는 안 써."라고 말한 사람은 굉장히 많았기 때문이다. 아마 세상에 존재하는 다이어리들 중에는 끝까지 다 채워진 다이어리보다 앞에 몇 장만 끄적거려져 있는 다이어리가 더 많을 것이다. 나도 몇 해 전, 묵은 짐을 정리하다 보니 반도 안 쓴 다이어리가 꽤나 많이 나왔다. 이십 년 넘게 다이어리를 썼다는 나 같은 사람도 이렇다.

그런데 생각해보면 좋은 습관이라는 게 원래 다 그렇다. 운동하기, 아침에 일찍 일어나기, 매일 영어 공부하기처럼 좋은 것들은 다 꾸준히 하기 어렵다. 우리가 바라고 소망하는 모든 것들은 애써 시간을 들이고 노력을 기울여야 이루어진다. 세상에 공짜는 없다.

다이어리를 쓰는 일도 마찬가지이다. 매일 나의 시간과 노력을 들여야 한 권의 다이어리가 채워진다. 그런데 그게 참 어렵다. 다이어리를 쓰는 것보다 쉽고 재미난 것들이 넘쳐나기 때문이다. 나처럼 다이어리를 사랑하는 사람도 다이어리를 펼쳐놓은 채 넷플릭스만 보다 자기 일쑤다. 게다가 급하고 중요한 일들은 또 왜 이렇게 많은가. 나는 평소에 정해진 출근 시간보다 삼십 분 이상 일찍 출근하는데도 다이어리를 쓸 십 분을 내는 게 쉽지가 않다. 오늘 할 일이 뭔지 체크만 하자고 PC를 켰다가 자연스럽게 일을 시작해버리기도 하고, 다이어리를 쓰다가 생각난 무언가를 검색하기 위해 인터넷 창을 열었다가 소중한 아침 시간을 홀라당 날려버리기도 한다.

그럼에도 불구하고 내가 이십 년이나 다이어리를 쓸 수 있었던 이유는 단 한 가지다. 나는 다이어리 쓰는 걸 정말 좋아한다. 좋아하지 않았다면 나처럼 인내심 없는 인간이 이십 년이나 뭘 꾸준히 할 수 있었을 리가 없다.

뭐가 그렇게 좋은지 묻는다면 정확히 뭐라 말해야 할지 모르겠다. 확실한 건 다이어리를 쓰지 않을 때보다, 다이어리를 쓸 때 훨씬 행복하다는 거다. 글이라는 건 신기한 힘을 가지고 있어서 좋은 기억은 더 좋게 만들어주고, 나쁜 기억은 덜 나쁘게 만들어준다. 새로 시작하는 연애의 설렘, 취업에 성공했을 때의 기쁨, 임신을 처음 알았을 때의 벅참 같은 것들은 글로 쓰며 한 번 더 행복했고, 다시 읽어도 좋았다. 그런데 이별의 슬픔이나 인간관계에 대한 실망, 인생의 허무함 같은 것들은 희한하게도 글로 옮기면서 조금씩 괜찮아졌다. 좋은 건 더 좋게 만들어주고, 나쁜 건 괜찮아지게 만들어주는 마법이라니. 이것 때문에 내가 다이어리의 세계에서 헤어나지 못하나 보다.

물론 나도 매일 다이어리를 쓰지는 못 한다. 일이 바쁘거나 정신이 딴 데 팔리면 한동안 다이어리를 못 쓰는 경우도 많다. (코로나 때문에 딸을 어린이집에 보내지 못했던 지난여름에는 무려 한 달 동안 다이어리를 쓰지 못 했다!) 그런데 다이어리 중독자가 그렇게 오래 다이어리를 쓰지 못하면 금단증상이 찾아온다. 볼일을 보고 밑을 안 닦은 것 같은 찜찜함, 이유 모를 불안감 같은 것들이 수시로 나를 괴롭힌다.

그럴 때는 방법이 없다. 벼락치기로 시험공부를 하는 것처럼 하루 날 잡고 앉아서 밀린 다이어리를 정리해야 한다. 지나간 날들의 기억을 더듬으며 빈칸을 채워간다. 무슨 일이 있었는지, 마음이 어땠는지, 무얼 하고 싶었는지 그냥 떠오르는 대로 적는다. 아무것도 쓸 말이 없는 날은 넘어가면 된다. 밀린 방학 일기 쓰는 것도 아닌데 모든 날을 꽉 채울 필요는 없다. 그렇게 비어 있는 날들의 기록을 조금씩 채워가다 보면 내 주변을 어슬렁거리던 알 수 없는 불안감이 어느새 사라진다. 사방에 부서져 있는 나의 조각들이 하나로 맞춰지며 그제야 뭔가 정리되는 기분이다. 그게 얼마나 개운한지 모른다.

다만 다이어리를 밀려 쓰면 생각이 잘 안 난다는 문제가 있긴 하다. 일하랴, 애 보랴 바빠서 점심에 뭘 먹었는지도 생각이 안 나는데 일주일 전에 무슨 일이 있었는지 생각날 리가 없다. 하지만 자본주의 사회를 사는 스마트한 우리에게는 스마트폰과 신용카드가 있다. 스마트폰 속의 사진과 카드 사용 내역을 잘 조합하면 안갯속처럼 뿌옇던 지난날의 기억이 생생하게 떠오르기도 한다. '동대문 엽기떡볶이 14000원'이라는 한 줄의 카드 사용 내역이 '그날 내가 떡볶이를 먹었구나. 왜 먹었지?' 하고 기억을 더듬는 과정에서 '직장에서 굉장히 열 받는 일이 있었고, 그래서 매운 떡볶이를 먹고 씩씩거렸다.'라는 내용으로 변신하기도 하는 거다. 기억을 잃어버렸던 사람이 머리를 한 대 맞고 갑자기 과거를 떠올리는 것처럼, 카드 내역 한 줄에 떠오르는 과거를 되돌아보는 건 밀려 쓰는 일기의 재미다.

어쩌면 내가 오랫동안 다이어리를 쓸 수 있었던 비결이 바로 여기에 있는지도 모르겠다. 매일 쓰면 좋고, 못 쓰면 할 수 없고, 나중에 몰아서라도 쓸 수 있으면 그것도 괜찮고. 이렇게 헐렁한 자세로 다이어리를 대했더니 오히려 꾸준히 다이어리를 쓸 수 있었던 것 같다. 한 번도 성공한 적이 없는 다이어트나 하루에 물 8컵 마시기 같은 것도 이런 자세로 시도하면 성공할 수 있으려나? 매일 물을 8컵 마시면 좋고, 못 마시면 할 수 없고, 나중에라도 몰아서 마시면…. 이건 안 되겠다. 웬만하면 물은 매일 마시는 게 낫겠다. 하지만 다이어리는 확실하다. 매일 쓰지 않아도 좋고, 못 써도 좋다. 그저 꾸준히 쓰겠다는 마음을 가지고 쓸 수 있을 때 쓰면 된다. 그거면 충분하다.

다이어리 테라피

다이어리 중독자인 나에게도 다이어리를 쓰지 않던 때가 있었다. 아이를 낳고 육아휴직을 하며 집에서 딸을 돌보던 2018년. 그해의 다이어리에는 딸이 태어난 5월부터 10월까지 반년의 시간이 텅 빈 채로 남아 있다.

아이를 낳고 싶어서 결혼했다고 농담을 할 정도로 나는 아기를 좋아하는 사람이었다. 친구들이 아기를 낳으면 수시로 그 집에 들락거리며 아기와 놀았다. 남의 자식도 이리 좋은데 내 자식은 얼마나 더 좋을까. 나에게 아기가 생기면 누구보다 행복하게 키울 자신이 있었다.

하지만 현실은 상상과 달랐다. 노산이어서인지, 난산이어서인지 손목부터 무릎까지 안 아픈 곳이 없었다. 늘 잠이 모자라고 체력이 달리는데 쉴 시간은커녕 병원에 갈 시간도 없었다. 두세 시간 간격으로 먹고, 놀고, 자는 아기를 돌보는 일은 엄마인 나를 갈아 넣어야 가능한 일이었다. 자고 싶을 때 자지 못하고, 먹고 싶을 때 먹지 못하는 게 인간을 얼마나 피폐하게 만드는지 겪어보지 않은 사람은 모른다. 아기가 태어난 이후로 나에게 주어진 24시간은 내 것이되 나를 위해 쓸 수 있는 것이 아니었다.

하고 싶은 일은 하나도 할 수 없고, 해야 하는 일만 넘치는 현

오늘도 다이어리 테라피

실 속에서 나는 점점 삶에 대한 의욕을 잃어갔다. 아무것도 하고 싶은 일이 없었다. 아이를 키우고, 집안을 돌보는 일은 어쩔 수 없으니까 할 뿐이었다. 잠에서 깨면 기계적으로 일어나 분유 물을 끓이고, 아이의 기저귀를 갈았다. 작은 손과 발을 버둥거리며 노는 딸을 볼 때면 웃음이 나기도 했지만 그저 아기가 귀여워서 웃을 뿐이었다. 온종일 집에 갇혀 아기와 함께하는 건 결코 즐거운 일이 아니었다. 나라는 사람은 사라지고 엄마의 책임만 남은 것 같던 그때, 나는 많이 울었고 남편과 자주 싸웠다. 그때는 몰랐지만 지금 생각해보면 약한 산후우울증이 아니었나 싶다.

봄의 끝자락에 태어난 딸은 한여름이 되자 뒤집기에 성공했고, 가을이 깊어지자 제법 잘 앉아 있게 되었다. 딸이 성장하는 순간을 목격하는 것은 그 시절의 유일한 기쁨이었다. 하지만 나는 그 어느 것도 다이어리에 적지 않았다. 뭔가를 적을 기력이 없었다. 삶을 돌아보고, 기록하는 일에도 에너지가 필요하다는 걸 그때 알았다.

그런데 꼬물꼬물 기어 다니던 아이를 멍하니 보고 있던 어느 날, 딸이 내게 "엄마"라고 말했다. 엄마가 된 지 반년 만의 일이었다. 아이가 나를 처음으로 엄마라고 불러준 순간, 나는 가슴 깊은 곳이 쿵! 하고 울리는 것 같았다. 그래, 내가 저 아이의 엄마였지.

그 순간을 잊고 싶지 않았다. 구석에 처박아두었던 다이어리를 꺼냈다. "딸이 처음으로 엄마라고 말했다."라는 문장을 시작으로 다시 다이어리 기록자의 생활이 시작됐다. 아이가 잠들면 다이어리를 펼쳤다. 딸이 자라는 모습을 적어 내려가면서 조금씩 마음에 에너지가 차오르기 시작했다. 그제야 흘러버린 시간이 아쉬웠으나 후회는 하지 않았다. 시간을 되돌린다 해도 그때의 나는 다이어리에 뭔가를 적을 수 없었을 테니까.

육아일기로 채워지던 다이어리에 다시 '나'라는 존재가 등장한 건 한 계절이 더 지나고 새해가 시작될 무렵이었다. 새 다이어리를 펼치고 늘 하던 것처럼 첫 장에 '올해 하고 싶은 일'이라는 제목을 적었는데 아무것도 떠오르지 않았다. 유럽 여행, 다이어트, 영어 공부, 사진 배우기 등등으로 화려하게 이어지던 예전의 위시리스트 중에 골라보려고 해도 끌리는 게 없었다. 솔직히 말하자면 여전히 하고 싶은 건 많았지만, 그중에 할 수 있는 일이 없었기에 내가 먼저 마음을 접었던 것 같다. '할 수 없다'고 생각하기보다는 '하고 싶지 않다'고 생각하는 게 덜 슬프니까.

그러다 문득 운동을 하고 싶다는 생각이 들었다. 체력을 기르고 싶었고, 불어버린 살도 좀 빼고 싶었다. 정말 오랜만에 찾아온 '뭔가를 하고 싶은 마음'이 너무나도 반가워 곧바로 운동을 시작하기 위한 작업에 들어갔다. 인터넷을 뒤져보니 산후에 여기저기 아픈 사람들에게 필라테스가 좋다고 했다. 남편에게 일주일에 두

세 번쯤 운동을 나가야 하니 아이를 봐달라 부탁하고(사실은 통보하고), 필라테스 학원에 등록했다. 아기 이야기로 채워지던 나의 다이어리에 운동 스케줄이 끼어들었다. 그렇게 다이어리가 나의 삶으로 돌아왔다.

다시 다이어리를 쓰기 시작하자 그동안 외면하고 있던 내 삶의 모습이 눈에 들어왔다. 아무것도 하고 싶지 않다는 이유로 나와 아이의 생존에 필수적인 일만 하고 살았더니 집이 엉망이었다. 가장 상태가 심각한 건 베란다와 냉장고였다. 베란다에는 쓰지 않는 육아용품들이 마구잡이로 쌓여 피사의 사탑을 만들고 있었고, 냉동실에는 먹지도 않을 거면서 얼려놓은 음식들이 잔뜩 처박혀 있어서 핫도그 하나 끼워 넣기 어려운 상황이었다. 대체 이러고 어떻게 살았나 한숨이 절로 나왔다.

시기가 지난 육아용품을 하나씩 정리해 중고시장에 팔았다. 유통기한을 넘긴 식재료들을 버리고, 냉장고를 청소했다. 베란다와 냉장고에는 공간이 생기고, 통장에는 소소한 수입들이 생겼다. 내친김에 싱크대와 옷장까지 정리했다. 일회용 나무젓가락을 이백 개쯤 버리고, 쓰지 않는 양념들을 처분했다. 더 이상 입을 수 없는 55사이즈 원피스들을 버리고, 충동구매했으나 입지 않는 옷들을 정리했다. 살림을 정리하고 가꾸는 건 생각보다 즐거운 일이었다. 단정해지는 집과 함께 나의 삶도 단정해지는 것 같았다.

서늘한 우울감이 옅게 깔려 있던 생활에 온기가 차오르기 시작하자 남편과의 관계도 되돌아보게 되었다. 다이어리에는 남편에게 서운한 점과 결혼에 대한 후회가 빼곡하게 적혀 있었다. 하지만 더 이상 그렇게 불평불만만 하면서 살 수는 없었다. 다이어리가 아니라 남편과 대화를 해야 했다. 아기가 잠들면 남편과 이런저런 이야기를 했다. 쌓인 게 많았으므로 대화는 자주 냉랭해졌고, 싸움으로 이어진 날도 종종 있었다. 하지만 그런 노력의 시간이 쌓여서인지 요즘의 우리는 제법 사이가 좋다. 물론 지난주에도 남편에게 잔뜩 화가 나서 "나는 나갔다 올 거니까 아기 점심은 당신이 챙겨 먹여!"라고 통보하고 카페로 탈출해 다이어리에 남편 욕을 신랄하게 써 내려가긴 했지만 부부 사이란 원래 이런 거 아닌가. 어제는 싸웠어도 오늘은 숟가락 하나로 아이스크림을 퍼먹을 수 있으니 이 정도면 됐다.

난생처음 엄마가 된 후로 찾아왔던 우울의 시기는 이제 많이 지나간 것 같다. 힘든 시간을 헤쳐 나오는 데 다이어리를 쓰는 일이 많은 도움이 됐다. 아마 그게 내가 원래부터 좋아하고 즐거워하는 일이어서 그럴 거다. 누군가에게는 그게 운동일 수도 있고, 음악일 수도 있고, 산책일 수도 있다. 원래 사람은 자기가 좋아하는 일을 하면서 에너지를 얻는 거니까. 나는 다이어리 쓰는 일을 사랑했기에 그 일을 다시 시작하며 마음을 회복할 수 있었던 것 같다.

엄마가 된 후 나의 삶이 완전히 달라졌듯이 다이어리의 모습도 많이 달라졌다. 하루라도 비워두면 큰일 나는 것처럼 약속과 계획으로 꽉꽉 채웠던 예전 다이어리와 비교해보면 요즘 나의 다이어리 속 달력에는 일정이라고 할 만한 게 거의 없다. 그나마 몇 개 적힌 내용도 아이 병원 예약하기, 키즈카페 다녀오기, 공원 산책처럼 대부분이 아이와 관련된 내용이다. 어쩌다 친구를 만나게 되는 날은 색깔이 있는 볼펜으로 하트까지 그려가며 적어놓지만 그런 날은 많지가 않다.

하지만 그렇게 텅 비어 있는 달력 뒤에 이어지는 일기에는 나의 인생을 통틀어 가장 치열하게 살고 있는 요즘의 이야기가 담겨 있다. 열이 38도가 넘어도 아이를 돌보고 집안일을 했던 이야기, 남편과 싸워 속이 상하지만 아이 앞에서는 괴물 흉내를 내며 깔깔거리고 웃었던 이야기, 코로나 때문에 집에 갇혀 삼시 세끼 밥을 하다가 돌아버릴 것 같다는 이야기…. 나와 똑같이 아이를 키우고 일을 하느라 정신이 없는 친구들에게 털어놓지 못하는 이야기들을 다이어리에 적어 내려간다. 그런 이야기들을 다이어리에 적는 동안 나는 조금 괜찮아진다. 어떤 사람들은 식물을 키우며 위로를 받고, 또 어떤 사람들은 음악으로 위안을 얻는다던데 나에게는 다이어리가 그렇게 위안을 주는 존재인가 보다. 이런 걸 다이어리 테라피라고 하면 되려나.

살면서 가장 힘들었던 시기에 다이어리 테라피의 효과를 톡톡히 본 나는 이제 시간만 나면 다이어리를 펼친다. 아이가 잠든 한밤중도 좋고, 출근해서 일을 시작하기 직전 커피타임도 좋다. 가끔은 남편에게 아이를 맡기고 동네 카페에 나가서 다이어리를 쓰기도 한다. 볕이 좋은 창가 자리에 앉아 커피를 마시며 다이어리를 쓰다 보면 문득 행복하다는 생각이 들기도 한다. 다이어리 한 권과 펜 하나로 느낄 수 있는 행복이라니. 참 괜찮은 행복인 것 같다.

다이어리 쓰는 할머니가 되고 싶다

첫사랑의 기쁨과 슬픔을 다이어리에 쏟아내던 스무 살 시절에는 내가 이렇게 오랫동안 다이어리를 쓰며 살 줄 몰랐다. 일기는 왠지 어린애들이나 쓰는 것 같았다. 어른들은 뭔지 모르지만 일기를 쓰는 것보다 더 대단한 일을 하며 사는 줄 알았다.

스무 살의 내가 몰랐던 건 그뿐만이 아니다. 마흔이나 된 내가 여전히 떡볶이라면 환장하며 살고 있을 줄도 몰랐고, 그때 듣던 김동률 노래를 질리지도 않고 20년 동안이나 듣고 있을 줄도 몰

오늘도 다이어리 테라피

랐다. 스무 살에 만난 친구들이 인생 최고의 친구가 될지도 몰랐고, 마흔이나 되어서까지 그때처럼 이리저리 헤매면서 살고 있을 줄도 몰랐다. 20년은 아주 긴 시간이니까. 스무 살의 나와 마흔 살의 나는 전혀 다른 삶을 살고 있을 거라고 생각했다.

하지만 진짜로 마흔이 되어 돌아보니 나는 20년 전이나 지금이나 크게 달라진 게 없는 것 같다. 여전히 그때 좋아하던 음식을 먹고, 그때 좋아하던 음악을 듣고, 그때 만난 친구들과 지금까지 논다. 생각해보면 어른이 된다고 사람이 변하는 것도 아닌데 그때는 그걸 몰랐다. 적어도 마흔쯤에는 뭔가를 이루어놓은 굉장한 어른이 되어 있을 줄 알았다.

굉장한 어른이라니. 피식 웃음이 나온다. 지금 나의 삶은 '굉장한 어른'의 삶과 굉장히 거리가 멀기 때문이다. 공자님은 마흔에 어떤 것에도 유혹받지 않는 불혹에 도달했다고 하셨지만 나는 불혹에 이르는 방법 따위는 전혀 깨닫지 못한 채 마흔이 되었다. 여전히 세상 온갖 유혹에 갈대처럼 흔들리며 유유자적 살고 있다. 다이어리에 대한 에세이를 쓰겠다고 다이어리 쇼핑몰을 들락거리다가 다이어리를 충동구매하고야 마는 게 마흔 살 정 모 씨의 현실이다.

물론 달라진 게 아주 없는 건 아니다. 그때에 비하면 좀 더 어른의 꼴에 가깝게 살고 있긴 하다. 나름 치열하게 공부해서 직장을 얻었고, 내가 버는 돈으로 먹고 살고 있으니 어른의 자격은 갖춘 셈이다. 결혼을 해서 아이를 낳았고, 하나의 생명을 키우는 일을 하고 있으니 그것도 매우 어른스러운 일이다.

하지만 솔직히 말하자면 진짜 울며불며 어른 노릇을 하고 있다. 하루도 빠지지 않고 출근을 하지만 아침에 일어나는 게 힘들어서 알람을 다섯 개쯤 맞춰놓아야 하고, 밤에는 피곤에 절어서 아기가 잠들기만을 기다린다. 퇴근해서 옷도 벗지 못하고 쌀을 씻긴 하지만 나도 누가 밥 좀 해줬으면 좋겠다. 거실 구석에 굴러다니는 먼지 덩어리도 내가 안 치우면 치울 사람이 없으니까 울면서 치우는 거다. 꾸역꾸역 어른의 역할을 해내고 있기는 하지만 마음은 예전과 똑같다. 누가 허락만 해준다면 해질 무렵 어디가서 떡볶이나 한 접시 사 먹고 집에 와서 TV나 보다가 잠드는 한량의 삶을 살고 싶다.

어쩌면 마흔이 되도록 내가 깨달은 건 굉장한 어른이 되는 방법이 아니라 사람 사는 게 크게 변하지 않는다는 것뿐일지도 모른다. 이런 추세라면 앞으로 20년을 더 살아도 내 모습이 크게 달라지지는 않을 것 같다. 자식이 자라나면서, 직장에서 나의 역할이 바뀌면서, 그리고 몸이 늙어가면서 조금씩 달라지는 것들이 있긴 하겠지만 지금까지 내가 좋아했던 것들을 앞으로도 쭉 좋아하면서 살지 않겠나 싶다.

지금과 똑같이 나이가 들었을 나를 상상하니 좀 웃기다. 주름이 가득한 얼굴로 오물오물 떡볶이를 씹으며 김동률 노래를 듣는 할머니라니. 친구들을 만나서 "우리가 만난 지 40년이 넘었지." 라고 즐거워할 어떤 할머니의 모습을 머릿속에 그려보자니 귀엽기까지 하다. 그 할머니는 오래된 친구들을 만나고는 집에 돌아가서 다이어리를 쓰겠지. "오랜만에 대학 때 친구들을 만났다…." 하고 말이다.

할머니가 되어서도 다이어리를 쓰고 있을 나의 모습을 생각하다가 문득 떠오르는 책이 있었다. 이옥남 할머니가 쓰신 《아흔일곱 번의 봄 여름 가을 겨울》이라는 책인데 할머니가 30년 넘게 쓰신 일기를 모아 손주가 책으로 낸 것이다. 아흔이 넘으신 할머니의 일기를 읽으며 나는 많이 웃었다. 도토리를 망치로 까다가 맘대로 안 되니까 "에유 씨팔" 하면서 욕을 하고, 반갑잖은 동네 사람이 와서 주구장창 남 욕만 하다가 가니 일기장에 그 사람에 대한 욕을 늘어놓으신다. 한편으로는 할머니의 일기를 읽으면서 눈물이 찡하기도 했는데, 자식들에 대한 마음을 적어놓으신 부분이 특히 그랬다. "반가운 딸이 와서 너무 기뻤는데 금방 가버려서 꿈만 같다", "자식이 뭔지 늘 궁금하고 기다려진다"는 문장들이 이제는 한 아이의 엄마가 된 나의 마음을 울렸다. 할머니의 일기를 읽은 자식들의 마음은 어땠을까.

먼 훗날, 어쩌면 내 딸이 나의 일기를 읽게 될 날이 올지도 모르겠다. 의지박약의 결정체인 데다 허술하기 짝이 없는 나라는 인간의 기록이 몇십 년 동안 쌓이면 어떤 이야기가 만들어질지 상상이 잘 안 된다. 왠지 등이 오싹해진다. "세상에! 우리 엄마는 다이어트 하고 싶다는 말을 40년 동안 했으면서 한 번도 성공한 적이 없어…" 하며 놀라지는 않을까 심히 걱정스럽다.

하지만 누군가에게 보여주기에 민망하고, 부끄럽고, 사소한 나의 기록들이 오랫동안 계속 됐으면 좋겠다. 어떻게 해야 잘 살 수 있는지는 아직도 모르겠지만 다이어리를 쓰는 동안 행복하다는 건 알고 있으니, 간신히 알아낸 행복의 비결을 오래 간직해야 하지 않겠나. 마침 이 글을 쓰는 동안 충동구매했던 새 다이어리도 도착했다. 핑크색 다이어리에 적힌 2022년이라는 글씨를 보며 설렌다. 여기엔 또 어떤 이야기를 써볼까.

오늘도 다이어리 테라피

———————————————————————————**최우수상**

문화라 〈모임의 여왕〉

자꾸 내 안으로만 파고들려 하는 시대적 분위기 속에서, 타인과의 관계에 몰두하고 이를 스스로 에너지화하는 과정들이 참신하다. 여러 종류의 모임을 시작하거나 참여하는 방법, 무엇보다 이를 '너무 뜨겁거나 차갑지 않고 건강하게' 유지하는 방법을 진솔히 이야기한다. 수상작품집 《이웃덕후 1호》를 대표하는 작품으로서, 충분히 독특하면서도 우리 삶에 가장 가까운 주제를 다룬 것이 최우수상 선정 이유다.

강일립 〈내 인생의 브리티시-락커즈-앤드-트랙즈〉

록, 그중에서도 특별히 영국 록 음악에 심취한 26살 록 덕후의 인생 베스트 트랙들을 소개한다. 하이라이트 구간의 일부 가사를 중심으로 깊이 있는 설명과 분위기 묘사가 이어지는데, 그 전달력이 뛰어나다.

김남규 〈키보드 위에서 나를 확인한다〉

기계식 키보드라는 다소 낯선 소재를 이야기한다. 구어체로 풀어낸 이 글을 따라가다 보면 마치 '영업 당한 듯' 나도 모르게 기계식 키보드를 사보고 싶어진다. 관심 없던 일반인들마저 끌어들이는 묘한 흡인력과 매력을 갖춘 글이다.

심형주 〈꽃 하나에 사계절을 담아〉

튤립이라는 꽃 하나에 초점을 맞춘, 단정함과 다정함이 느껴지는 글이다. 튤립을 키우는 데 필요한 실용적인 정보를 담았다. 이만큼의 지식을 완성도 있게 담기까지 얼마나 튤립을 애정으로 바라보았을지 글에서 그 정성이 듬뿍 느껴진다.

정지은 〈오늘도 다이어리 테라피〉

할머니가 되어서도 다이어리를 쓰겠다는 다이어리 덕후의 유쾌하고 사랑스러운 에세이다. 기록하며 알게 된 자신의 취향, 감정, 버릇에 관한 이야기부터 다이어리 한 권과 펜 하나가 주는 작고 소중한 일상의 행복을 담백한 문체로 풀어냈다.

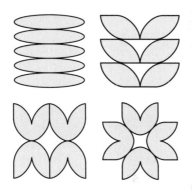

이웃덕후 1호

초판 1쇄 인쇄 2022년 5월 25일 | 초판 1쇄 발행 2022년 6월 10일

지은이 문화라, 강일립, 김남규, 심형주, 정지은

펴낸이 신광수
CS본부장 강윤구 | 출판개발실장 위귀영 | 출판영업실장 백주현 | 디자인실장 손현지 | 디지털기획실장 김효정
단행본개발팀 권병규, 조문채, 정혜리
출판디자인팀 최진아, 당승근 | 저작권 김마이, 이아람
채널영업팀 이용복, 이강원, 김선영, 우광일, 강신구, 정재욱, 박세화, 김종민, 이태영, 전지현
출판영업팀 민현기, 정슬기, 허성배, 정유, 설유상
개발지원파트 홍주희, 이기준, 정은정, 이용준
CS지원팀 강승훈, 봉대중, 이주연, 이형배, 이은비, 전효정, 이우성

펴낸곳 (주)미래엔 | 등록 1950년 11월 1일(제16-67호)
주소 06532 서울특별시 서초구 신반포로 321
미래엔 고객센터 1800-8890
팩스 (02)541-8249 | 이메일 bookfolio@mirae-n.com
홈페이지 www.mirae-n.com

ISBN 979-11-6841-210-1 03810

* 북폴리오는 ㈜미래엔의 성인단행본 브랜드입니다.

* 책값은 뒤표지에 있습니다.

* 파본은 구입처에서 교환해 드리며, 관련 법령에 따라 환불해 드립니다.
  다만, 제품 훼손 시 환불이 불가능합니다.

북폴리오는 참신한 시각, 독창적인 아이디어를 환영합니다.
기획 취지와 개요, 연락처를 bookfolio@mirae-n.com으로 보내주십시오.
북폴리오와 함께 새로운 문화를 창조할 여러분의 많은 투고를 기다립니다.